JN288240

アジア
気持ちの
楽な旅

高田　宏

大修館書店

初出『月刊しにか』（大修館書店）二〇〇二年四月号
～二〇〇四年三月号（「アジアを渡る風」改題）

目次

I　アジアへの旅

III　アジア文化模様

I　アジアへの旅

気持ちの楽な旅

泉州の郊外に巨大な老子座像がある。高さが五メートルあまり、緑あふれる山の裾にどっしりと坐っている。岩壁に刻んだ像ではない。山からすこし離れたところにあった巨岩をそのまま使って彫り上げたものらしい。

力づよく大きな耳、鼻下とあごから長く垂れている白いひげ、太い眉に半ば隠れている両眼は天を見上げているようである。片ひざを立ててくつろいでいるような姿が、親しみを覚えさせる。

若いころから老荘思想に惹かれていたこともあって、ぼくはこの老子石像を飽かず眺めていた。宋代に彫られたとのことだ。当時はこのあたりに道教彫刻がいくつもあったそうだが、

明代にそのほとんどが破壊され、この老子像だけが残った。老君岩と呼ばれているこの石像が、中国に現存する老子石像のうち最大のものだと聞いた。

説明してくださったのは、陳日升《ちんにっしょう》さんという、五十代後半かと思われる人だ。半袖の開襟シャツ姿で、とても気さくな人なのだが、肩書きは泉州市文学芸術界連合会主席というえらい人だ。

陳さんは前日から、泉州の文化と日本の文化のつながりを、いろいろと話してくださっていた。前夜案内してもらった伝統茶芸館では、南音《なんいん》という古い音楽を聴かせて、その演奏に用いられる楽器と日本楽器との類似を話しておられた。琵琶と三味線と尺八のうち、三味線の胴の形はかなり違うのだが、琵琶は日本のものとよく似ており、尺八はそっくりだった。

陳さんは、日本人のぼくが老子像に興味を持っていることを、よろこんでくださったようだ。ぼくが高校生のころ老子についての本を読んで深い感銘を受け、その後老子と荘子を折り折りに読んできたことや、ぼくの高校の先生の一人が後年大学教授となり日本における道教研究の第一人者となられたことなども、通訳を介してお話すると、陳さんはぼくの両肩を抱いて満面の笑みを見せてくださった。

そんな話のあと、陳さんが突然、「いち、にい、さん、しい、ごお」と日本語で数をかぞえた。すこしだけ日本語を知っているということかと思ったが、そうではなかった。

それが、泉州あたりでの数言葉だという。福建語一般に使われるのではなく、このあたりに限られた言葉なのだ。ぼくはこの旅の前まで、福建省なら全部福建語で、北京語も併用されるのだろうくらいに考えていたのだが、どうやら福建省内にも地域に特有の言葉があるらしい。極端な例が、福州から泉州へのバスのなかでのことだ。同行していた朱谷忠《しゅこくちゅう》さんという作家が出身地莆田《ほでん》（福建省）に携帯電話をかけて話をしたとき、その言葉が、北京の作家はもちろん福州の作家にも全く分からなかった。

泉州の福建語は福州の福建語とほぼ同じ言葉のようだが、数をかぞえるときだけは、泉州独自のものがあるようで、一から五まではほとんど日本語と同じ、六も「ろお」といった感じなのだ。七から先はちがう。

そもそも福建省は日本との交流が古くから行なわれてきた土地である。福建省の省都である福州では、琉球墓園に詣でた。朱塗りの塀をめぐらせた一画に、かつてこの地で没した琉球の人たちの墓が並んでいる。沖縄に多く見られる亀甲墓だ。建ててある石標に、たとえば、

「琉球国　八重山西表」といった、死者の出身地名が見える。「乾隆二十一年」という刻字もある。事情は分からないが、清の乾隆帝時代に八重山諸島の西表《いりおもて》島から福州にやってきた、おそらく高位の人がここで死去し、手厚く葬られたのであろう。

福建省第一の大学である福建師範大学では、日本語学科の学生たちに会った。北京や四川の外国語学院日本語科のほうが学生も多くレベルも高いのではないかと思うが、福州の学生たちからは、日本をごく身近に感じている気配が伝わってきた。

ぼくは中国をそれほど知っているわけではない。これまで行ったことのある都市は、北京、西安、上海、蘇州、桂林、福州、泉州、廈門《アモイ》、昆明、麗江くらいのもので、それらの都市の街区の一部や郊外の観光地を訪ねただけだ。台湾を入れても、台北、淡水、花蓮、高雄、台南が加わるくらいである。

ただ、それらの旅はいつも気が楽だ。欧米などの旅のときの緊張感とは無縁の日々だ。

一つには文字がだいたい分かるためであろう。ぼくたちになじみのない簡体字であっても、すこし馴れてくればおよそのところは分かる。街の看板を見るのが楽しい。一見して分かる看板もあれば、ちょっと考えて分かる看板もあるのだが、簡体字にしろ繁体字（旧字）にしろ、どちらにしても漢字だから異国にいる疎外感はうすい。

ホテルでテレビを見るときにも、字幕の漢字が助けてくれる。ぼくは中国語はできない。しかし、テレビは漢字のおかげでそこそこ分かる。お笑い番組のおかしさも少しは理解可能だ。

一度目の台湾旅行のときは、ちょうど初めての複数政党選挙の投票日に出会った。町中の選挙熱のすさまじさに目を見張ったものだが、夜ホテルに帰ってテレビをつけると、開票速報もまた熱気を帯びていた。これは、当選者の所属政党、経歴、その他すべて目で見て分かる。ぼくは深夜まで開票速報を見つづけた。日本の選挙の即日開票を見るのと同じで、外国のテレビを見ているという感じはあまりなかった。

日本とちがっていたのは翌日の街頭風景だった。「賜票多謝」というのぼりを何本も立てた軽トラックの荷台に当選者や支援者が乗り込み、笑顔で手を振りながら音楽入りで走りまわっていた。軽トラックはつぎからつぎへとやってくる。街路には昨日までの選挙用ののぼりが林立している。ビルに掲げられた候補者の巨大顔写真もそのままだから、あの候補は当選した、こっちのビルの候補は落選と、速報を思い出しながら見上げたものだ。外国にいる気分が四分、自分の国にいる気分が六分といったところだった。漢字情報のあふれる街で、それも簡体字はなくて繁体字の漢字にかこまれて、旧世代のぼくとしては日本の過去へ旅をしている気分である。

中国福建省の廈門でも繁体字が主流だった。ホテルやレストランの店名に「龍」の字のついているのが多い。簡体字の「龙」は少ない。台湾からの旅行者が多いので、繁体字の看板が多いとのことだ。

「欢迎奥运」というポスターや看板を中国のあちらこちらで見かけた。「欢迎」が「歓迎」だとは分かる。「奥运」は何だろうと思っていたら、ある給油所の名前が「奥运油站」で、そこに五輪マークがついていた。そうか、オリンピック給油所なんだ、「奥运」はオリンピックなんだと分かって、ちょっと嬉しくなった。通訳の人に聞けばすぐ分かることだが、そうやって自分で意味を見つけるのも、謎解きをしているような面白さがある。

雲南省の麗江で、世界遺産になっている旧市街の茶店に入ったことがある。納西《ナシ》族の若い女性が民族衣装で茶を淹れてくれた。一瞬目をうたがった。彼女が女優の松たか子さんにそっくりだったのだ。つまり、日本人そっくりということだ。それだけでなく、遠慮ぶかい物腰や、つつましい笑顔などが、昔の日本女性を思わせていた。麗江に近い玉龍雪山で採れる雪茶などを飲みながら、言葉は通じないままに古き良き日本に出会っている気分であった。

麗江郊外の白沙村へ行ったとき、古い寺院の前の広場で、納西族の少女たちが踊っていた。見ていたぼくを笑顔の少女が誘い、彼女たちと手をつないで踊らせてもらった。少女たちは明るい。つつしみぶかく、明るかった。盆踊りの輪に入った気分で、ぼくは少女たちと足の動きを合わせ、少女たちと一緒に笑った。

二つの長城で

澄み切った秋空の下、はげしく起伏する山の背に、石壁が長くうねっていた。ところどころに石造の望楼が見えている。

万里の長城の一画、司馬台《しまたい》長城だ。巨大な龍が天へ駆け登ろうとしているかのようだ。大きな自然石に、達筆の朱文字が刻まれている。「中國長城是世界之最　而司馬台長城又堪称中國長城之最」と。

長城の下まではロープウェイがある。そのチケットにも「長城之最　司馬臺長城」の文字がある。ここは何千キロにも及ぶ万里の長城の「最」なのだ。「最」というのは、その景観が最高であり、また、危険が最も大であることを指している。

北京市内から高速道路を三時間近く走り、田舎道に入って約三〇分で、司馬台村の家々の屋根越しに長城が見えはじめ、村を通り抜けると視界いっぱいの巨龍に目を奪われる。

ロープウェイ乗場の近くで、二人の女性に声をかけられた。長城の写真集や絵はがきを売る売り子さんだ。ぼくは以前、北京に近い八達嶺《はったつれい》長城で売り子らの強引さに辟易《へきえき》したことがあるので、すぐに要らないと手を振ったのだが、意外だったのは彼女たちの明るい笑顔だった。ほかには観光客が見当たらない。ぼくら数人だけがカモだと思える状況で、二人の女性は笑顔であっさり引きさがった。

――わるいことをしたかな。

警戒心から彼女たちを追いはらったことに内心忸怩《じくじ》たる思いがあった。北京市内の土産物屋や国立美術館の売店などでも押し売りのあくどさに閉口していたものだから、つい冷たすぎる対応をしてしまったのだった。

ロープウェイのゴンドラから眼前の長城に見とれながらも、心の隅にとげが引っかかった気持ちでいたのだが、途中でふと下を見ると、さっきの売り子さん二人がせっせと山を登っていた。土産物を入れたショルダーバッグを肩にかけ、岩とブッシュのなかを、背筋をのばし大股で登っている。道などない。ロープウェイ沿いに直登しているのだ。ロープウェイはごくゆっくりなのだが、こちらのゴンドラの速度に負けずすいすい登っている。二人の健脚に目を見張り、思わず声をかけた。

「ニイハオ！」

彼女たちが顔を上げて笑顔で手を振った。ぼくはロープウェイを降りたら写真集も絵はがきもたくさん買うつもりになっていた。

ロープウェイの終点で彼女たちに会い、さっそく買おうとしたら、彼女たちはあとでいいと言う。お客さんの荷物になるから帰るときに渡す、お金もそのときでいいとのこと。

そこからすこし歩いて今度は急斜面を登る無蓋車に乗るのだが、売り子さんたちはそこも自分の足で登り、さらにその先、折れ曲がる長い石段道では若いほうの売り子さんがぼくの手を引いてくれた。彼女はほんのすこし英語ができる。司馬台村に住んでいるのだと言う。名前は呉さん。

長城に登ると、期待以上の絶景だった。三六〇度の大視界に、見渡すかぎり山々がつらなり、そのなかを長城が視界の果てまで起伏していた。北京近郊の八達嶺長城は敷石や石壁が新しくなっていたが、ここ司馬台長城は築造時のままの姿を残している。

　ドイツ人やアメリカ人の若い男女が数人リュックを背に、長城を踏破中だった。八達嶺長城のように観光客があふれてはいない。

　望楼の一つだけを見てから、石壁に腰をかけ、売り子さんたちと雑談をしたり、一緒に写真を撮ったりした。あとで写真を送るからと言って、二人の名前と住所を書いてもらった。密雲県古北口鎮司馬台村の呉さんと崔さんである。ぼくは呉さんが二一、二歳、崔さんは二七、八歳と見ていたが、聞いてみると呉さんは三一歳で五歳になる娘の母、崔さんは四〇歳で七歳の息子の母だった。夫はそれぞれ農業に励み妻たちが売り子に出ているのだという。二人とも若い娘のようによく笑い、若い娘のようにはにかむ。

　このときの旅から数カ月後、東京の映画館で中国映画『初恋のきた道』を見た。ぼくがこの二〇年間で見たうち最高の映画だった。中国河北省の山村を舞台にして、若い娘のひたむきの恋を描いている映画だ。主演の章子怡《チャンツィイー》がみごとに山村の娘を演じ切っていた。張藝謀《チャンイーモウ》監督のてらいのない演出が観客の心の底を打ってくる。客席のほとんどの人が、ひたむきの恋心の美しさに、静かな涙を流していた。

映画を見ながら、司馬台長城を思い出したものだった。長城のこちら側は司馬台村だが、向こう側に起伏していた山々には河北省の山村が点在しているはずだった。呉さんが、ここから向こうは河北省と教えてくれていた。『初恋のきた道』の舞台になった、シラカバ林のある山村も、視界のどこかにあったのかも知れない。なにより、映画のなかの娘のけなげな人生が、司馬台村の彼女たちと重なり合う。彼女たちもまた、ひたむきの素朴な恋をして、母となったのかも知れない。売り子としての仕事ぶりを見ても、けなげでまっすぐな生き方が伝わってくる。

一時間ばかりして長城を下りるとき、石段にさしかかると呉さんがすっと手を出して、ぼくの手を引いてくれた。年寄りを大切にするふだんの行動であろう。おかげで無事に降りることができた。

下りのロープウェイに乗る前に、彼女たちから写真集と絵はがきを、かなり多めに買った。長城への案内のお礼の気持ちでもあった。別れを惜しんでロープウェイに乗ったのだが、下の乗場に着いてみると足で降りた彼女たちのほうが先に着いていた。乗場近くの木立ちのなかで数人の子供たちが遊んでいて、その子たちの一人を指して呉さんが「わたしの娘です、ほらとてもおてんばでしょ」と言い、崔さんも「いま走りまわっている男の子がわたしの息子です」と言って、そろってすてきな笑顔を見せる。ああ幸せなんだなあと、胸があつくなったものだ。

八達嶺長城の売り子たちのほうが、司馬台長城の彼女たちの何倍も、あるいは何十倍も売り上げがあるだろう。だが、幸せの度合ではどうだろうか。あの強引な押し売りは、お金は稼ぐであろうけれども、そのぶん心を貧しくして行かないだろうか。

八達嶺長城では写真集売りの青年に行く手をふさがれ、なんとか振り切って逃げるとまた別の売り子に行く手をふさがれる。急傾斜している長城の道だから、へたをすると転倒しかねない。それでも買わなかったのは、押し売りがあまりに不愉快だったからだ。庶民の生活力の旺盛さと見ればよいのかも知れないが、ぼくは意地になって買わなかった。

生活力の旺盛さにほほえむことがないではない。西安の市街で、運転手兼ガイドさんがにやりと笑いながら「これから有料道路に入ります」と言って車を停めた。見ると脇道の入口に、長い木の枝を横にわたしてある。太ったおばさんが、そのそばの椅子に腰かけていた。ガイドさんがおばさんに三角だか五角だかの小銭を払うと、おばさんが木の枝を上げて車を通してくれた。

たしかに有料道路だった。しかし、入って行くのは、これが道かと思うガタガタ道で、両側の家々は煉瓦があちこち崩れ、屋根が半分しかない家もある。一見廃屋群だが、洗濯物が下がり、子供たちが走りまわっている。

この道を抜けて行くと、空海が修行していた古寺への道に出る。なるほど、ガタガタ道はそれなりに観光客の通る道で、木の枝を上げ下げするおばさんの商売が成り立っているのだと諒解し、妙に楽しい気分になった。西安という町はきれいとは言えないところだが、あちこちでそういう庶民のバイタリティーに出会う。そのことに感心させられ、ほほえましくもなる。北京には二度行ったが、もうあまり行きたくはない。西安のほうは、また行ってみたい魅力が、ぼくには感じられる。

江南水郷紀行

町のなかを小運河（クリーク）が縦横に流れている。小舟に乗って岸辺の古い家並みを眺めて行く。ゆったりと、のどかな時間につつまれていた。

中国・江南地方に点在する水郷古鎮の一つ、甪直《ルウチー》でのことだ。甪は漢和辞典を引いても出てこない字で、中国人でも読める人はほとんどいないという。日本の旅行会社ではルーチョクと呼んでいるが、これは半ば日本語読みだろう。

古い歴史のある町だそうで、近年新石器時代の陵墓群が発掘されたりもしているが、春秋時代には呉王の離宮が建てられていた土地である。

長江の下流域南側一帯を江南と呼び、その中心都市は蘇州《そしゅう》だが、蘇州の周辺に甪直、周《しゅう》

荘《そう》、同里《どうり》、朱家角《しゅかかく》といった水郷の町が、いずれも蘇州から車で一時間前後のところに散在している。右の四つの古鎮を先日訪ねまわってきた。

小舟の櫓《ろ》を漕いでいるのは中年の女性たちだ。青を基調にして赤・緑・淡紅を配した伝統衣裳を着て、頭には黒地に赤の飾りをつけている。舟に乗る前に近くの広場で歓迎の踊りを見せてくれた女性群が、今度はそれぞれの小舟にぼくたち観光客を乗せて、水路から水路へと舟をあやつって行く。

なんとも軽い櫓さばきである。ぼくは高校生のころ櫓舟を漕ぐ練習をしていたことがあるのだが、とてもこんなに軽くは漕げなかった。彼女たちはこの水郷の町に生まれ育って、幼いころから櫓を扱ってきたのだろう。昔、茨城県の水郷潮来《いたこ》で農家に泊めてもらったとき、翌朝この家の小学生の男の子に誘われて田のなかの水路へ舟で出かけたことがある。男の子は軽々と舟をあやつっていた。中国の水郷古鎮のクリークで、そのときのことを思い出していた。川のある暮らしでは、あたりまえのことなのだろう。

どの水郷古鎮でも、岸辺の道から川面へ降りてゆく石段があちこちに見えている。降りたところで女性たちが洗濯をしたり野菜を洗ったりしている光景も見かける。

女たちがよく働いているという印象だ。土産物店でも男たちより女たちの姿が目立っている。岸辺の道端で木桶や洗面器に魚を泳がせて売っている女たちもいる。

クリーク沿いの道に机を出して、中国将棋や麻雀に熱中しているのは、たいてい男たちだ。老女が麻雀に加わっていることもあるが、それは稀れだった。

どの水郷古鎮にも石造りのアーチ橋が数多く架かっている。数百年を経ている橋が多い。大小さまざまの橋だが、朱家角の放生橋《ほうしょうばし》は五つのアーチで構成されている美しい橋だ。この橋は名前が示すように、生きものを放して自由にする場所になっている。若い女性が橋の上で、ビニール袋に入れた魚を差し出していた。小ブナが一〇匹くらい泳いでいるのが一元(当時一五円)で、金魚数匹の入っているのが三元(当時四五円)だと言う。彼女が持っていた小ブナ袋一つと金魚袋二つに合計七元を支払って、橋から流れに魚たちを放ってやった。彼女が何度も「謝々《シエシエ》!」をくりかえす。商売ではあるけれども、彼女自身、魚たちのために喜んでいるように思えた。彼女の弾んだ声と明るい笑顔に、ぼくも「謝々!」を二度、三度口にした。

放生会《ほうしょうえ》は仏教の不殺生の教えにもとづいて、捕えられた生類を山野や池沼河川に放ってやる儀式で、旧盆に行なわれることが多い。ぼくも形ばかりだが仏教徒である。それに、ふだんから余計な殺生には加担したくないと思っている。魚も肉も食べるけれども、遊びで殺生はしたくない。遊びの釣りも、遊びの狩りもしないと決めている。放生橋での小さな放生会は、この日じゅうぼくの心を軽くしてくれた。

今度の旅では、蘇州にも上海にも泊まったが、観光の拠点にしたのは周庄鎮のホテルだった。蘇州からバスで同里鎮に入り、この水郷古鎮をゆっくり散策したあと、小型の観光船に乗って湖や運河を経ながら一時間ばかりの船旅で周庄のホテルの桟橋に着く。

船内で三人の楽士が二胡《にこ》と琵琶と三線《さんしん》の演奏をつづけてくれた。中年男性三人の楽士である。セーターやジャンパーの普段着姿で、手書きのよれよれになった楽譜を使っての演奏だ。旅の最終日に泊まった上海では、高齢楽士たちの演奏するオールド・ジャズのバーも楽しんだのだが、江南水郷の船上演奏はとりわけ旅情をかきたててくれるものだった。暮れかかる湖に落日がきらめき、中国楽器の音色がさざなみのように流れていた。

白蜆湖《はくけんこ》という湖に面したホテルから周庄古鎮街へ、また古鎮街からホテルへと、何度も乗ったのが二人乗りの人力三輪車（リンタク）だ。人力三輪車駐点という表示のあるリンタク専用の駐車場があり、男女の運転手が客待ちをしている。古鎮街まで歩いてもたぶん一五分くらいだろうが、幌付きのリンタクで行くのはこれも旅情の一つだ。ペダルを漕ぎながらリンタク同士でおしゃべりをしているのを聞くのも、話は分からないながらに面白い。ただ、女性運転手さんのに乗ったときは、申訳ないような気もする。着いたとき彼女がはあはあ息を切らしていたりすると、なおさらだ。

リンタクに乗りながら、新市街の店々の看板を見てゆく楽しみもある。「船娘餃子」という看板があった。やはり水の町なのだな、と思う。南船北馬という通り、江南は船の往来するところなのだ。湖にも運河にも、たくさんの荷船が走っている。土砂を積んでいる船もあれば、石油タンクを設備している船もある。荷船の船室で料理をしている光景もあれば、洗濯物のはためいている船もある。日本でもかつてよく見られた家船《えぶね》である。船に住み水に暮らす人びとの日常が垣間見えていた。

白楽天が江南に赴任していたのは、九世紀前半のことである。八二二年から約二年間は浙《せっ》江《こう》省の杭州刺史《こうしゅうしし》として、いったん洛陽に帰任するが八二五年からの一年間ほどを江蘇省の蘇州刺史として、江南生活を送っている。白楽天、五〇代前半のことである。

この間、江南の自然を詠じた詩が多い。杭州や蘇州の周辺、ことに数多い湖へ船遊びに出かけていたことが、詩のなかに見られる。「春題湖上（春湖上に題す）」で江南の春を讃え、「宿湖中（湖中に宿す）」では画船をつらねて湖へ繰り出す光景を詠んでいる。

蘇州の風景をうたった詩のなかには、「家家《かか》の門外舟航を泊す」と、家々の門前に運河が流れ、そこに舟が停泊している有様が描かれている。江南の風景には舟がつきものなのだ。そしてまた、運河の町には橋が風情を添えている。「天気妍和《けんわ》　水色鮮《あざや》かなり　閑吟独歩す小橋の辺《へん》」といった詩句があらわれる。なごやかに美しい天気の日、水の色があざやかで、ひとりうたいながら小橋のあたりを散策した、というのだろう。蘇州赴任時代の白楽天の詩には憂愁の影はない。

上海という巨大都市は、その位置から言えば江南地方の一部にあたるけれども、江南のイメージからは遠いだろう。ただ、ぼくが今度の旅で訪ねた四つの水郷古鎮のうちの朱家角鎮は、行政区画では上海市に属している。上海周辺の高速道路網が急速に整備されていて、朱家角から上海市内への高速道路もつい先日開通したとのことで、白楽天の詩を思わせるような水郷古鎮から高層ビルの群立する上海市内までバスで一時間もかからなかった。

その上海に江南水都を感じさせてくれたのは、朝のホテルで聞こえてきた汽笛の音だった。長江の支流の一つである黄浦江《こうほこう》を往来する客船の汽笛が、ホテルの部屋のなかにまで響いてくるのだ。散歩に出てみると、黄浦江には客船も荷船もいた。水郷で見た家船もいた。六隻曳きの荷船まで走っていた。

香港・マカオ管見

香港からマカオ（澳門）への船旅はわずか一時間、ボーイング社製のターボジェット水中翼船で滑るように走って行く。マカオに近づくと海の色が茶色になった。地図で見るとマカオあたりには珠江と西江という大きな川が流れ込んでいるから、この川の土砂を含んだ水が海に流れているのだろうか。香港で数日前に大雨が降ったという。日本列島だと台風のときなどに洪水の川が海を黄変させることが間々《まま》あるが、それほどの大雨がマカオ周辺にも降ったのだろうか。ともあれ、広大な茶色の海がいかにも大陸を感じさせてくれた。

香港からマカオへ行くときも、マカオから香港への船に乗るときも、両方の港で出入国審査がある。だから船旅は短時間だが、往復には合計四回の出入国審査があってずいぶん時間

をとられる。香港もマカオも今では同じ中国領なのに、いちいち外国へ行く手続きが要る。思いがけないことだった。

香港は一九九七年七月一日にイギリスから中国へ、マカオは一九九九年一二月二〇日にポルトガルから中国へ、それぞれ返還されて、いずれも特別行政区（特区）になった。一国二制度とはいえ、香港もマカオも中国であり、外国というわけではない。出入国審査の長い列に並んでいて、どうも納得がいかない。ヨーロッパのEU加盟国間だったら、国は違っても自由に往来できる。スペインからポルトガルへバスで入ったときも、この峠のあたりからポルトガルだというだけで出入国の手続きもそのための建物も何もなく、いつのまにか国境を越えていた。

香港のガイド氏もマカオのガイド氏も、ニュアンスはすこし違うのだが、香港人は香港人、マカオ人はマカオ人の意識がつよく、中国人と呼ばれることに違和感を持っていると言っていた。どちらも最近は、返還前のほうがよかったと言う人が多くなっているとも言う。ことに香港でガイドをしてくれた中年男性には、中国本土人への明らかな蔑視があって、聞いていて不快感を催すほどだった。香港の返還式典会場に来て記念写真を撮っている中国人観光客を指して、あの田舎者めが、といった感じの言い方をする。また、中国国旗と並んで掲げられている香港旗（彼は香港国旗と言う）をぼくたちによく覚えてくれとも言う。アジア競技大会でもオリンピックでも、香港は香港チームとしてあの旗で参加するのだから、旗を覚えておいて応援してくれと、押しつけがましく言うのだ。中国チームはどうでもいい、と言わんばかりだった。

香港ではとり立てて見たいところは、ぼくにはなかった。移動のバスやホテルの窓から見える高層ビル群の林立が、これが香港だなと旅情をかき立ててくれる、それだけでじゅうぶんだった。あとは、ホテル近くの公園のほか、行くさきざきで迎えてくれた洋紫荊《ようしけい》という木の花が、旅の印象として残っている。あちこちのビルの壁いっぱいに飾られていたクリスマス・イリュミネーションを背景にして、赤みがかった紫の花が満開だった。公園で散り落ちている花を拾い上げてみると、香港ドルの紙幣やコインにデザインされている花だった。香港島のビクトリア・ピークから見下ろす「一〇〇万ドルの夜景」には心を動かされなかったが、ホテルの窓から夜明けの港を往来する大小の船を眺めていると、こちらのほうがドラマを感じさせてくれた。

マカオには、行ってみたいところが二つあった。媽祖閣《まそかく》（媽閣廟）とカジノである。そもそもマカオという地名が、媽祖閣に由来しているそうだ。一五五三年、ポルトガル人が澳門《オーメン》西端の海岸に上陸したとき、土地の人たちに地名をたずねると、「媽閣《マークー》」という答えが返ってきた。ポルトガル人の指さしたところに、媽祖を祀る寺院があったのだ。そのマークーが地名と思われてMacaoと記されるようになったと言う。地名の由来はほかにも諸説あるらしいが、この説が有力だ。媽祖生誕地である中国福建省の湄洲《びしゅう》島で発行している媽祖研究会編『媽祖と中華文化』は、はっきりとこの説をとっている。

海上安全と商売の守り神である媽祖の信仰は、中国南東部の沿海域から台湾、フィリピン、マレーシア、シンガポール、タイ、インドなど一七カ国にわたって広がっている。信徒の数はつかみにくいけれども、一億人以上という見方がある。各地の媽祖廟の数は二五〇〇に上ると見られる。組織化された大宗教とは違う一種の土俗信仰だが、庶民のあいだに根づよく張っている信仰のようだ。

媽祖は中国福建省の福州と泉州の中間にある莆田《ほでん》の近く、湄洲島の林《りん》姓の家に生まれた女性だ。宋朝の建隆《けんりゅう》元年（九六〇年）に生まれ、雍熙《ようき》四年（九八七年）に二七歳で他界した実在の人物である。平素から熱心に海難救助にあたっていたのだが、彼女の死後、航海中の船が嵐に遭うと、かならずこの女性が赤い衣服で波浪にあらわれ船を助けてくれたと言う。以来、海上安全の神としてあがめられ、商売繁盛の神ともされてきた。

台北の媽祖廟で参拝の人びとの多さと熱心な参拝姿におどろいたものだったが、本家というか、「媽祖故里」と呼ばれる湄洲島の媽祖廟では、台北のをはるかに凌ぐ人の波だった。廟内に台北媽祖廟の媽祖木像の写真もあった。参拝客は中国人も多いのだが、それに劣らず台湾人が多い。莆田側と湄洲島のあいだを渡しのフェリーがバスのように頻繁に往復している。どの船便もぎっしりの人びとだ。その多くが台湾からの参拝者で、島内には台湾人専用の接待所もある。中国と台湾とは自由に往来できないはずだと思っていたが、湄洲島参拝はそのかぎりではないらしい。もっとも、福建省でも南のほうに位置する廈門《アモイ》では、ホテルの看板などに旧字（繁体字）が多い。現代中国の簡体字だと台湾観光客に読めないことがあるからだそうだ。そのくらい台湾からの旅行者が多い。

湄洲島の豪壮な媽祖廟の裏手の山には、白大理石製の巨大な媽祖像がそびえている。長い袖《そで》と長い裾《すそ》をゆったりと垂らし、精巧な頭飾りをかぶっている、ふっくらした頬の実に美しい女性像である。この像のまわりは、記念写真を撮る人たちでごった返していた。湄洲島人民政府の車で島内を一巡したのだが、この島はまさに媽祖信仰の大本山であった。

マカオの媽祖廟ははるかに小さいが、小さいなりに混み合っていた。参拝者の供える線香の煙がもうもうとしている。ガイド氏がここはスリの名所だから気をつけてくれと言っていたように、スリをしやすい人混みだった。

香港の人口は七〇〇万人、マカオはわずか四五万人だが、小さなマカオが福祉や医療で進んでいるのは、マカオにある十数カ所のカジノからの税収が大きいからだ。

ぼくは旅の前に、沢木耕太郎の『深夜特急』香港・マカオ編を再読して行った。とくにマカオのカジノでの賭け方を勉強して行った（賭博を勉強というのは不謹慎か）。

入ったのはリスボア・ホテルのカジノだ。ずいぶん前、プエルトリコのホテルのカジノを見物したことがあり、ぼくは入口あたりにバニーガールがほほえみかけてシャンパングラスを差し出してくれるかと思っていた。カジノに入るには背広ぐらいは必要だろうと思って、ぼくなりに衣服を正して行った。

だが、バニーガールはいなかった。たばこの煙が渦巻く、円型のクラシックな大天井の大広間に、崩れた服装の人びとが、ルーレットや大小（サイコロ賭博）やバカラのテーブルを囲んで、押し殺した熱気を充満させていた。まさしく、鉄火場だった。

大小賭博の方法は『深夜特急』で詳しく読んでいた。テーブルを囲んでいる人びとの背中越しに、おそるおそる賭けた。小さく勝った。ディーラーの女性が円盤型のチップを滑らせてくれた。あとは回廊のスロットマシーンで少し遊び、少し儲けた。ささやかなカジノ体験だが、面白かった。

ミュージアム散策

常用している灰皿二個のうち一つが、中国古代の青銅器を模したミニチュアの鼎《かなえ》で、小さいながらに青銅製である。台北郊外にある故宮博物院のミュージアムショップで買ってきたものだ。気軽に買える値段だったが、嬉しいことに立派な証明書まで付いていた。縁取りのある新書判ほどの上等の紙に、「故宮博物院」の金文字を盛り上げて、この鼎が何を模して製作されているかが記されている。

初めて台湾の故宮博物院を訪れたのは一九九五年のことだ。三泊四日の観光旅行でいちばんの楽しみが故宮博物院見物だった。はじめは二日間をあてるつもりだったが、行ってみて想像以上の量に圧倒され、くたびれはてた。今度は半分ぐらい見て、またいつか残りを見に

来ることにしようと妻と話し合ったものだ。このときは玉《ぎょく》の展示室と青銅器の展示室を時間をかけて見てきた。

全館禁煙なので何度も館外に出て吸ってきた。そのたび入場券を係員に見せて出入りするのだが、三度目ぐらいからは係員がぼくの顔を覚えて、入場券は見せなくていい、どうぞどうぞとにっこり出入りさせてくれた。

最上階の落ち着いた喫茶室で中国茶を飲むと、すこし疲れが取れ、帰りがけに一階のミュージアムショップに立ち寄った。青銅鼎のミニチュアはここで買ったのだが、ほかにも買いたいものが多くて欲望を押さえるのに苦労した。大きなミュージアムショップだ。見ているとどんどん時間が過ぎてゆく。ボストン美術館のミュージアムショップでも長時間を過ごしたものだが、故宮博物院ではそれ以上だった。青銅鼎を買ったのは、この日青銅器展示室を丹念に見てきた、その記念のためでもあり、見たとたんに灰皿に使おうと思ったからだった。

ついでに言うと、ぼくはこれまでいくつかのミュージアム創設にかかわってきて、いまはその一つの石川県九谷焼美術館の館長をつとめている。近く同じ石川県加賀市大聖寺《だいしょうじ》に深田久弥《ふかだきゅうや》山の文化館も開館することになっていて、こちらも館長を引き受けている（二〇〇二年一二月開館)。おかげでふるさとの町へ月に三、四日出かけることになったのだが、九谷焼美術館の企画段階でぼくが強く望んできたのは、喫茶室とミュージアムショップの洗練ということだ。故宮博物院とは規模がまるで違うけれども、喫茶室とショップはあれを凌ぐ質の空間をと思ってきた。幸い喫茶室は建築・調度・人ともに誇れるものになったと思うし、地元陶磁作家たちの協力で季節感のある陶磁器の即売展示も順調に重ねている。いずれ古九谷名品のレプリカや写しも販売したいし、この美術館でとくに力を入れているハイテク映像のＤＶＤ販売なども実現させたい。

美術館であれ博物館であれ、ミュージアムというところは、もちろん展示が中心であり、そのための知恵は大いに必要なのだが、それだけでは足らない。ミュージアムはモノを見るだけの場所ではない。大袈裟な言い方をすれば、ミュージアムとは時空の十字路であり、心のクロスロードなのだ。人びとがここで精神を解放する場である。その一環として九谷焼美術館では月に一度、コンサートとトークの会を催してもいる。いまは西洋音楽が中心だが、中国やインドの音楽も、東南アジアや中東の音楽なども採り入れたい。

こういうぼくのミュージアム観は、梅棹忠夫《うめさおただお》さんに負うところが大きい。梅棹さんが中心になって創設した国立民族学博物館の企画段階から開館後もしばらく、梅棹さんのお誘いで小松左京らと共に企画委員としてかかわってきた。その延長線上で滋賀県の琵琶湖博物館の企画委員もつとめたのだが、ミュージアムに関するぼくの関心が展示物そのものだけに限られなかったのは、梅棹さんの思考法に共鳴するところが大きかったからである。

台湾の故宮博物院は昨年（二〇〇一年）再訪した。前回割愛した展示の半分ぐらいを見ただろうか。というのも、前回にも見た玉の展示室に入ってみるとすっかり展示替えされていて、ここでまた時間をかけてしまったからだ。あと今回は中国陶磁の展示を主に見たのだが、前回同様くたびれはてた。もう一、二度は訪ねなくては、故宮博物院を見たとは言えないかも知れない。

北京の故宮も二度訪ねた。一度目は観光客として、二度目は中国作家協会の客としてである。二度目は観光客を入れない内部にまで案内してもらったのだが、正直なところミュージアムを訪れるよろこびは少なかった。もちろん故宮（旧紫禁城）という壮大な建物には目を見張り、ここに住んだ権力者の力に畏怖もした。しかし、それだけのことだった。

もともとここにあった諸王朝の厖大な収集品は、いまはその大半が台湾の故宮博物院に収められている。故宮文物は戦乱を避けていったん南京に移され、ついで重慶、昆明へと移送され、抗日戦争後ふたたび南京に戻されたが、一九四八年に台湾へ運ばれている。あいつぐ戦乱のなかをよくぞ損傷なく各地を転々としたものだ。

北京の故宮博物院にも多少の展示はあるものの、そういうわけで、優品の大半は台湾へ渡っている。だから北京の故宮博物院展示に期待しても、ないものねだりということになるわけだが、しかし、それだけの理由で魅力が少ないのであろうか。ぼくには、ミュージアム思想の欠如が、たんに壮大な建物を見せるにとどまらせているように思えた。ほんの一例が、ミュージアムショップの不備である。おざなりの土産物屋然としたところに、安物が並んでいるだけだ。お茶を飲んでくつろごうにも、落ち着ける良い喫茶室がない。

中国のミュージアムをたくさん見たわけではないが、なかでは上海の博物館がよかった。新しい博物館だからだろう、建物の構造にも展示の仕方にも、かなりの工夫が凝らされていて、見る者に豊かな時間を与えてくれる。とりわけ少数民族各室の展示は見ごたえがあった。ショップの販売品にも品格があり、喫茶室もそれなりに良かった。

西安郊外の秦兵馬俑《しんへいばよう》博物館は現在も発掘と修復が継続されている巨大な兵馬俑坑に套屋《とうおく》を

掛けたミュージアムである。ぼくは入ったとたん、その壮観に思わず声を挙げたものだった。写真集で見ていたのとは、比べものにならない兵馬俑群に圧倒されたのだ。そのあと落ち着いて館内を歩いてみると、個別俑展示にも館内照明や採光などにもなかなかの配慮が施されていた。磁気カードによる入館システムや、そのカードを記念品として持ち帰れるのもちょっと嬉しいものだった。

ミュージアムショップは雑然としてはいたけれども、兵俑の一つのミニチュアを記念に買い求めると、白ひげの老人が箱の蓋裏の白布に揮毫してくれて、立派な落款《らっかん》を押してくれた。老人はかつて井戸を掘ろうとしていて偶然秦兵馬俑を発見した二人の農民の一人だということだ。ショップそのものよりもこの老人が一種の旅情をかきたててくれた。別棟にある秦代馬車の銅製品の精緻に目を奪われた時間をふくめて、時空の十字路を往く時であった（この銅製馬車の一〇分の九複製品が数年後NHK放送センターに展示されていた）。

別の日、西安市内観光をしていて夕食までの時間があまった。ガイドの中国人男性が、ホテルで休みますか、それとも博物館を案内しましょうかと言い、陝西省《せんせい》博物館の館長にたのんで収蔵庫を見せてもらうことになった。おどろいたことに、博物館入口に館長と図録執筆の女性学芸員が待っていてくれて、ぼくたち夫婦を厳重な二重ドアの収蔵庫へ案内してくれた。古代洞窟壁画が温度湿度をコントロールしてある収蔵庫に収められていた。パネルのなかから十数枚を引き出して、一枚ごとに詳しい説明してくださった。なぜあんなにしてもらえたのか今でも不思議だ。数年後、日本での中国文明展で、このうちの二枚に再会した。

ニセモノ文化の諸相

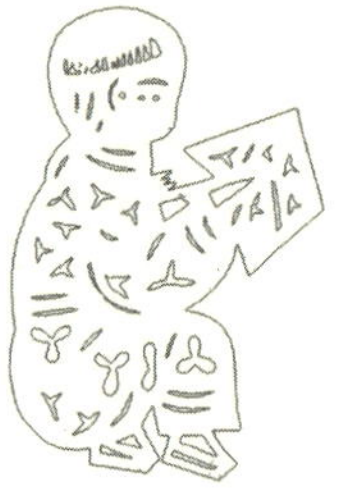

中国・桂林へ旅行をしたとき、おきまりのコースで灕江《りこう》下りの観光船に乗った。

奇岩の林立する両岸の景色はテレビや雑誌で見た通りで、初めのうちは奇岩を背景に記念写真を撮っていたのだが、そのうちに見飽きてしまった。岩山のひとつひとつは違った形をしているけれども、同じような風景がいつまでもつづくのに飽きてしまったのだ。

その倦怠感を破ってくれたのが、土産物売りの筏《いかだ》だった。岸辺の村のあたりから、竹を組んだ細長い筏が出てきた。何だろうと見ていると、二人の青年が竿を漕いで水面を滑るようにこちらの船に近づいてきた。男たちは十本ばかりの竹を組んだ筏に、大きなドンゴロスを一袋積んでいた。筏は巧みに観光船の舷側に接近し、男たちがドンゴロスから木彫品を取り出して叫ぶ。たぶん、「安いよ」といったことを言っているのだろう。

ああ、このことかと思った。桂林の別の観光地の土産物屋に、彼らが差し上げているのとよく似た、木の根から鳥や動物を彫り出している土産物が並んでいた。そのとき中国人ガイドの男性が、だまされないようにと注意してくれた。値段の安いのはまず全くのニセモノと思っていい、と言う。ただし、よく出来ているのがある、プラスチック製だが一見木の根に見え、持ってみてもずしりとしている、中に石を詰めて重さを出しているのだ。

筏の青年たちが売ろうとしているのは、その類のものだ。ホンモノなら何万円もするものが、千円程度だ。観光客の大半がニセモノと知っているのか、誰も見向きもしない。青年たちはあきらめたように見えた。筏がすいと離れてゆく。と思ったら筏は船尾をまわって反対側の舷側にやってきた。そして同じように販売活動をつづける。

筏は船について川を下ってゆく。もう何キロメートル下ったものか、村へ帰るのに筏を漕ぎ上るのが大変だろうと思った。気の毒になって、一つ買ってあげようかと妻と相談した。ニセモノを買うのも、荷物になるのも困るのだが、青年たちの根気よさにほだされたのだった。と、そのとき、ドイツ人観光客の一人が一つ買った。すると同じ観光団のドイツ人たちがつぎつぎ買い求め、やがてドンゴロスが空になって、筏はみごとな竿さばきで上流へ向かった。ほっとした。青年たちのためにも、買わずにすんだことにも、ほっとした。ドイツ人たちの買ったのを近くで見ると実によく出来ている。これなら、帰国して暖炉の上に置いても立派なものだ。ニセモノと知ろうが知るまいが、旅行の良い記念になるだろう。そう思って、これもほっとした。

中国には古来、ニセモノづくりの伝統があるようだ。陶磁器や絵画など美術骨董品にニセモノが多いことはよく知られている。ぼく自身はニセモノでも美意識の高いものなら、それもまた良いではないかと思うほうだ。だまされるのは嫌だが、あらかじめニセモノと知らされて、そのニセモノがぼくの美意識にかなうなら、それでいい。ついでに言えば、ぼくは本やCDなどの海賊版についても、それほど目くじらは立てない。すくなくともぼく自身の本なら、海賊版が出ても怒ったりはしない。残念ながらと言うべきか、ぼくの本の海賊版が出たという話は聞かないのだが、海賊版であれ、自分の本が読まれるのは嬉しいことだ。著作者の権利（利益）を守る必要があるのは知っているけれども、たとえばぼくの書いたものが無断で大量引用されたり、無償で試験問題に使われたりしても、被害を受けたという気はしない。いったん世に出したものは、すでに半ば公共のものだという気持ちがあるからだ。

ニセモノづくりとか贋作者が許せないのは、ニセモノをホンモノと偽って不当に利益を得ようとするときである。筏の青年たちは別にホンモノと言っていたわけではない。ニセモノかホンモノかを見抜く力が買い手にあればいいことだし、ニセモノと思っても気に入って買うなら問題はない。似せものだから安い。ニセモノをホンモノと偽り、ホンモノ並みの値段で売ったら、それは詐欺だ。

中国雲南省の州都昆明の郊外に、雲南少数民族村というテーマパーク、あるいは野外博物館と言うべき施設がある。二〇を超える少数民族の家屋や寺院などがそれぞれの民族エリアに再現され、各民族の伝統衣裳を着た女性たちが売店で働いていたり、民族舞踊を見せていたりする。ぼくが訪ねた一九九九年当時はまだ全部のエリアが完成してはいなかったが、それでも半日ではとてもまわりきれない広さだった。民族衣裳で電気自動車を運転する娘さんたちにエリアからエリアへ送られ、たとえばチベット族エリアでは堂々としたチベット仏教寺院のなかで、僧侶たちの祝福を受け、厳粛な雰囲気のなかで礼拝してきた。何族であったか忘れたが、完成近いエリアで舞踊教師が若い女性一〇人ばかりに舞踊のレッスンを繰り返している光景もあった。

再現されている家屋群は、ガイド氏の体験から見て、現実の民家よりも立派に作られているということだ。だが、現実の家屋と同じがいいか、それとも、典型として立派にきれいに作るほうがいいか。どちらとも言えないが、ぼくはやや後者に近い考えだ。

雲南地方の少数民族の生活を再現しているこの民族村は、一種のレプリカだからホンモノとは言い切れない。野外博物館のなかにはホンモノの建造物を移築しているところがあるが、それとて、本来あった場所を離れているのだから、一種のニセモノである。しかし、それでいい。ホンモノだけをありがたがるのは、いわばホンモノ信仰で、そこにはわずかながら狂気に近いものがひそんでいる。ホンモノとニセモノについて、人はなにがしか寛容であるほうがいいと、ぼくは思っている。

雲南少数民族村では、ニセモノ中のニセモノと言うか、壮大でみごとなニセモノに出会って感動したものである。さすがにニセモノ文化の伝統だと脱帽した。

入場ゲート前の巨木群が、それだ。ゲートへ向かって歩きながら、その巨木群に目を奪われていた。なんと、すばらしい。ぼくは日本列島のあちらこちらで森を歩いている。巨木にもずいぶん出会ってきた。しかし、目の前に並び立っている巨木群は、ぼくの森体験を超えていた。ぼくは頭のなかで、これまでに見たことのある世界の巨木の写真集を大あわてで繰ってみた。だが、こんな巨木群は見たおぼえがない。しかも、この巨木群は平地に立っている。写真家たちが見のがすはずはない。

ともあれ巨木に出会うときのいつもの感動を二倍にもして、ゆっくり近づいてみた。これだけの巨木群が知られていないということは、もしかして、これは作りものか。そう思って、木の幹に触れ、梢の葉群を見上げた。

九分九厘ニセモノの木だと思ったのだが、それにしても見れば見るほどホンモノの巨木群だ。念のため、ガイド氏にたのんで事務所の人にたずねてもらった。やはり、人工の木だということだった。

中国のニセモノ製作技術のすごさに舌を巻いた。後日、屋久島に新しく出来たホテルの吹き抜けのロビーで、これもすばらしい人工の木を見た。屋久杉の巨木が一本そびえ立っていた。聞いてみると、アメリカからハリウッド映画のレプリカ製作技術者たちを招いて作ってもらったとのことで、製作に七〇〇〇万円以上をかけている。技術者たちは屋久島の森を歩きまわり、屋久杉の典型を作り上げた。数ヵ月がかりの大仕事である。屋久島では樹齢一〇〇〇年以上の杉を屋久杉と呼ぶ。その代表が縄文杉と呼ばれる巨木だ。ホテルの木は、それら屋久杉の特徴を実にみごとに模している。一方、雲南少数民族村のあの巨木群はハリウッド製であるはずがない。おそらくははるかに安く、ハリウッドを凌ぐニセモノ技術で巨木群を生みだしたのだろう。

思い切って韓国へ

カリブ海のプエルトリコで第五一回国際ペン大会が開かれたのは、一九八七年一二月のことだった。ぼくは日本ペンクラブ代表として、いまはもう故人となった当時の事務局長と二人で大会に出席していた。

昼間は会議につづく会議で、夜は夜でパーティーが目白押しだった。ぼくが片言もできないスペイン語が主流の大会で、パーティーではこちらのほうも自信がないのだが、英語の通じる相手を見つけてなんとかひとりぼっちにならずにいた。

そんなとき助け舟を出してくれたのが、韓国ペンセンターの李《リ》さんだった。李さんは言語学者で、イギリスの大学で学んだあと韓国の有名大学の教授をしている人だ。ぼくに同じア

ジア人として親しみを見せてくれて、パーティーのたびにぼくを探して話しかけてくれた。彼があまりに流暢な英語を話すので、なるべくゆっくり話してくださいと頼み、会うたびにいろいろ話し込んだ。パーティーのあとホテルのバーで深夜まで飲んだことも一度ならずあった。

酔いながらの話の途中、李さんが不意に真顔で、「日本人のあなたにはたぶん理解できないことです」と言い出したこともあり、そんなときには背筋にひやりと冷たいものが走ったものだったが、三日四日と経つうちにまるで古くからの友達のようになっていた。

来年はぜひソウルへ来てくださいと言われた。翌八八年、ソウル・オリンピックの直前に、第五二回国際ペン大会がソウルで開かれることになっていた。ぼくが、日本がかつて韓国に対して行なってきたことを思うと軽々には韓国を訪ねることができないと言うと、心配いりません、大歓迎です、待っていますから、とぼくの手を強く握ってくれた。

さよならディナーの晩も、李さんがぼくを韓国ペンの人たちばかり七、八人の円卓に誘ってくれた。

ぼくの右隣の若い女性作家は日本語に関心があり、英語と日本語をまじえての会話がはずんだ。左隣は六〇歳くらいの女性作家で、韓国文学界に重要な地位を占めている人だということだった。だが、この人は英語を話さない。ぼくは韓国語が全くできない。初めに紹介されてお互いに会釈はしたものの、その先の会話ができなかった。

しばらくして、若いほうの女性作家が話してくれた。「彼女はほんとうはとても優しい人です、あなたに対して無愛想に見えるかも知れませんが、それは彼女が英語を話せないからです。それから、彼女は日本語は自由自在です。日本統治時代に日本語教育を受けていた人ですから。けれども、日本人であるあなたの前では決して日本語を話さないでしょう。それは、お分かりでしょう。彼女の気持ちを分かってあげてください」

男性の作家や詩人たちも、李さん同様、口々にぼくを翌年のソウル国際ペン大会に誘ってくれ、ぼくもできればお訪ねしたいと答えたのだが、はたして行けるかどうか自信がなかった。そして、帰国後も迷った末、結局ソウルの大会には出かけなかった。たとえ韓国語を必死に勉強したとしても、あの年輩女性作家世代の韓国の人たちとしっかり話し合うだけの自信も心構えもない、と思った。

韓国へ旅行することは生涯ないかも知れないと、その後も思っていた。だが、還暦を過ぎたころから、同じように訪問をためらっていた中国や台湾へ何度か出かけるようになった。ためらいを捨てたのではないけれども、もう年をとったからという言訳にもならないことを自分に言い聞かせて出かけていたのだ。

それでも、韓国へは行きにくかった。親しくしている在日韓国人のエッセイストや歌手の方から、ぜひ韓国へ行ってみてくださいと言われながらも、ふんぎりがつかなかった。

そのぼくが、先日とうとう韓国の土を踏んできた。その旅を自分に許したのは、ためらいに決着をつけたからとは言えない。いま行かなかったら、もう行くことはないだろうという気持ちが、背中を押したとでも言うほかはない。妻と二人での、ささやかな老夫婦旅だ。たった三泊四日の、ソウルとその近郊への観光旅行である。ソウルのホテルに三連泊して、市内観光のほかに利川《イチョン》の高麗青磁美術館や青磁窯場を見学し、水原《スウォン》の城壁をすこし歩いたり、京東《キョンドン》の漢方薬材問屋街を散策したりした。

ソウルの街では、レンギョウの花盛りに出会った。南山《ナムサン》にはことに多く、道ばたにも崖にもレンギョウの黄花の大群落が咲きみだれていた。レンギョウだけでなく、淡紅色のツツジもずいぶんたくさん咲いていた。帰る日の午前中にホテル近くの三陵公園を妻と二人で散歩したときにも、まだ冬枝の林のなかにレンギョウとツツジが一面に咲き競い、その上をカササギが楽しげに飛び交っていた。

ソウルの街でも近郊でも見るレンギョウの花々が、ぼくの心の緊張を解きほぐしてくれていた。ソウルは花の都市だった。花に彩られた街々が、ぼくを親しく朗らかに迎えてくれたと感じた。嬉しかった。

骨董通りで入ってみた喫茶店もよかった。店内の落ちついた雰囲気にも惹かれ、さりげなく飾られている花にも目を楽しませられたが、「アンニョン・ハセヨー」と「カムサ・ハムニダ」ぐらいしか言えないぼくたちを、若い女店員たちが笑顔で迎えてくれた。青磁風の品のあるカップで出されたゆず茶を飲むと、旅の疲れが消えてゆくようであった。

韓国旅行へ出かける前に、『月刊しにか』別冊の『まるごと韓国』を読み、その巻末にあった「かんたんハングル講座」を切り取って持って出た。飛行機のなかでも何度か読んで、ハングルの読み方だけはおおよそ覚えた。正確な発音ができるはずもないが、서울 をソウルと読めるくらいの覚え方だ。

着いた日、バスでソウル市内を走り、南大門《ナムデムン》市場を見物したりしたのだが、店の看板などのハングルが読めたり読めなかったりだった。その夜、ホテルの売店を見ていたら、『日本人のための韓国語四週間』という、ソウルで一年あまり前に発行されている本を見つけて買った（二〇〇〇年一二月、文藝林刊）。

一夜漬けのにわか勉強である。ホテルの窓から見えているビルの文字とか看板や道路標識などのハングルを練習問題にして、とりあえずたどたどしいながらにハングルが読めるようになった。

翌日からは、練習問題にはこと欠かない。そこらじゅうハングルだらけだ。ときおりまじっている漢字や英語を手がかりにして、わずかに意味を汲みとれることもある。「ヤク」と読めるのが「薬」だなとか、「クミョン」は「禁煙」だとか、韓国語のほんのかけらぐらいが分かりだした。

ソウルの街への、また近郊の町々への、単純すぎるかも知れない親しみが湧き上がってきた。「メッチュー・チュセヨ」（ビールください）といった言葉を教えてもらったりして、食事の時間も楽しみになった。

女性歌手のＣＤを三枚買った。民謡系の歌手、いま人気の歌手、デビューしたばかりの新人歌手のCDだ。前にノルウェー旅行をしたときシセルという女性歌手のCDやカセットテープを買ってきて、帰国後聴くたびにフィヨルドの風景を目に浮かべたものだ。それを思い出して、韓国の歌を探したのだ。

わずか四日間の旅だったが、一日ごとに、いや半日ごとに、韓国が肌になじんできた。着いたときの仁川《インチョン》空港では開港一周年近い新しい大空港に目を見張るばかりで、いささか心細かったのだが、帰る日の仁川空港は四日前と全く同じはずなのに、なにか暖かいものに包まれているような気がしていた。

韓国を訪ねることへのためらいが消え去ったわけではない。歴史は変えることができない。そうと知りながらも、帰りの機内で妻と、「今度は慶州へ行きたいね」と話していた。

一〇〇〇年のほほえみ

観光バスを降りたところから山道を登って行った。渓流に沿った細い道だ。韓国東南部に位置する慶州の郊外、南山《ナムサン》の麓である。

ゆるやかな登り道をしばらく行くと、岩だらけの少し急な登りにさしかかった。そのかどで、

「アンニョン・ハセヨー」

ほほえみながら、胸の前で合掌して挨拶してくださったのは、白い韓服とねずみ色のもんぺ姿の中年女性だった。彼女の背後に竹やぶで囲まれた岩の台地があり、一〇人ばかりの同じような服装の女性たちが、思い思いにくつろいでいて、そのうちの何人かも笑顔と合掌を

送ってくださった。

「アンニョン・ハセヨー」

ぼくもわずかに知る韓国語でご挨拶を返し、気分よく急坂の岩道を登った。登り切ったところに小寺院があり、その境内にも本堂にも中高年の女性たちがいらした。

仏教のさかんな土地柄なのだ。韓国はキリスト教信者が、カトリックもプロテスタントも多いのだが、仏教徒も四人に一人ぐらいだと聞いた。クリスマスも休日になっているが、旧暦四月八日の花祭り、すなわち釈迦の誕生日も休日だという。

とりわけ慶州が仏教文化圏なのだ。新羅時代の首都であった慶州は、新羅（シルラ、しらぎ）が仏教を国教としていた長い歴史が、いまも息づいている土地である。

ぼくはホテルで毎朝、まだ暗いうちに目が覚めて、暇つぶしにポケットラジオをイヤホーンで聴いていた。残念ながら日本の放送はキャッチできなかったけれども、韓国のオペラやロックやポピュラーを拾い聴きしたり、韓国演歌に耳を傾けたりした。意味は分からないままにトーク番組の朗らかさを楽しんでもいたのだが、そのほかに宗教の番組もあった。キリスト教の放送は、たぶん聖書の講話ではないかと思うのだが、区切り区切りに「アーメン」

が入る。仏教番組は早朝の勤行のようであった。多くの僧の読経の声がつづき、合間に鉦の音がチーンと鳴っていた。ぼくにとって意味不明なのは、日本の読経でも韓国の読経でも同じことだ。読経のリズムは永平寺の早朝勤行などで聞くのとほとんど変わらない。

岩坂を登った小寺院に、ラジオで耳にしたのと同じような読経の声が流れていた。目に入ったのは女性たちばかりだったから、本堂の奥で男性僧侶たちが読経していたのか、それともテープの録音を流していたのか、本堂に上がるのは遠慮したので分からなかった。

寺院の脇を登ったところに、有名な磨崖仏の彫られている巨岩がある。高さが一〇メートルを超える巨大な岩が林のなかに立っていて、その全面に仏像、菩薩、飛天、僧侶、神将像、塔、獅子など三五個の彫刻が彫られている。東西南北すべての面に彫像のある、いわゆる四面仏であり、「塔谷磨崖彫像群」と呼ばれている。

南山は標高四六八メートルの岩山である。この山にかつて一〇〇を超える仏教寺院があった。木造の寺院はなくなったのだが、石の仏像や磨崖仏が残った。

新羅文化院発行の『新羅の心　慶州南山』という、文章と写真のぶあつい本がある。著者は慶州生まれで、日本の立正大学で文学博士号を取得している朴洪国《パクホングク》氏、写真は安章憲《アンジャンホン》氏。

二〇〇二年秋の刊行で、二〇〇三年六月に日本語版（篠原啓方訳）が出ている。この本の序文の一部を引かせていただく。

新羅に仏教が伝来してのち、南山は「仏の山」となった。新羅人たちは、インドのアジャンタ石窟や中国の敦煌石窟のように、この山を仏に捧げ、仏国浄土を築こうと考えた。しかし彼らが花崗岩を相手に岩窟を掘るなど不可能だと悟るには、それほど長い時間を要しなかった。それでも新羅人たちは、やすやすとはあきらめなかった。彼らは南山の谷や稜線のあちこちで、土地を整地し、石塔を立て、形の良い岩に仏を彫りこんだ。石窟を掘るのは無理であったから、磨崖仏像の前に木で建物を造り、石窟の代わりとした。そのような大小の寺院がこの岩山を覆った頃、南山は我々の先人が仏教を受け入れて以来、いかなる場所でも到達し得なかった荘厳の極みに達したのだった。

だが新羅が亡びたのち、南山は忘れられた。そして南山は、世の人々に忘れられるよりもさらにひどく荒廃した姿で、我々の眼前にある。

朝鮮半島へ中国から仏教がもたらされたのは、四世紀後半のことだった。当時の朝鮮半島は高句麗、百済、新羅の三国時代である。仏教はまず高句麗へ、つづいて百済へ伝えられ、やや遅れて新羅にも入って行った。

朝鮮半島の諸国家は複雑な歴史を持っているが、その変転のなかで一〇〇〇年近い歴史を保った新羅王国は、諸国家のなかでもとくに仏教を深く受け入れ、仏教文化と固有文化を融合させてきた。一〇世紀半ばに高麗に併合され、一四世紀末からは朝鮮王朝の下に入るのだが、かつての都である慶州を中心にする仏教文化は、廃仏毀釈の時代にも耐えて生きつづけてきた。南山の寺院群は荒廃して石塔・石像や磨崖仏の一部を残すにとどまっているけれども、人びとの心には仏教が生きつづけている。笑顔と合掌で迎えてくださった中年女性は、その一つの証しであろう。

慶州は「一〇〇〇年のほほえみを保つ」と称されている。新羅一〇〇〇年の仏教文化が生みだしてきたほほえみなのだ。新羅の石仏や金銅仏を見ると、そのとおり、ほほえみを浮かべている仏像が多い。たとえば弥勒半跏思惟像《みろくはんかしい》にしても、日本のそれが優美を極めているのに対して、新羅のそれはほほえみを浮かべて優しい感じのするものが多いようだ。

仏教を受け入れるということは、精神文化としての仏教の受容にとどまらない。仏教にかかわる科学や技術や学問などもまた流れこんでくる。仏像美術はもちろんのことだが、天文学、数学、医学、建築技術といったものが、新しい文化として入ってくる。

直接には中国からだが、インドや西域の諸文化も間接に流入するのだ。それは朝鮮半島の文化を、とりわけ新羅の文化を、よりいっそう豊かにするものであった。

南山と共に世界文化遺産に登録されている仏国寺が慶州市内にある。上部の寺院建築は木造で、それほど古いものではないが、その土台になっている回廊や階段は石造で新羅時代の建造物である。この石造部分に、仏教と共に入ってきた建築技術がふんだんに生かされている。その一例が、正面石段下のアーチ型通路である。境内の釈迦塔、多宝塔と共に一二〇〇年を経た石造建築なのだ。とりわけ多宝塔の複雑な構造は、新羅仏教文化の隆盛を今日によく伝えている。

慶州の町のなかには、新羅時代の石造天文台もある。世界最古の天文台と言われる瞻星《チョムソン》台《デ》だ。仏教に伴ってもたらされた天文学が、新羅でさらに精緻化され、この天文台や、石刻天文図を生みだしたのだ。

南山の巨岩に彫られた磨崖仏の前で、仏教徒の女性たちが拝礼をくりかえしていた。両手を左右に大きくひろげてから前にまわし、上体を深く折り曲げて合掌する。それを何度もくりかえす拝礼である。巨岩の前の小岩に供物を供え、ろうそくと線香をともしての、長い長い拝礼であった。ぼくも仏教徒のはしくれだが、あんなに熱心に仏を拝んだことはない。いささか恥じる気持ちであった。

坂道を下りてきて、近くの民家で手洗いを借りた。団体客に心地よく貸してくださったばかりか、韓服の老女性が出てこられて、一人ひとりに丁寧なご挨拶であった。仏教がおだやかに生きている、と思ったことである。

儒教道徳に出会う

慶州の郊外に良洞《ヤンドン》民俗村がある。

背後の山から張り出している数本の尾根と尾根のあいだの谷間に、一六〇軒あまりの家々が点在している。今は人の住んでいない家屋もあるのだが、一五世紀から一六世紀にかけてこの集落が形成されて以来、およそ五〇〇年間にわたって営まれている両班《ヤンパン》階級の村だ。

村全体が森のなかにあるといった風情で、起伏し屈曲する道が幾本も森のなかをめぐり、ところどころに丸瓦屋根の伝統家屋が建っている。その一軒一軒が、日本で言えば旧庄屋屋敷といった重厚なおもむきを見せている。

両班というのは、朝鮮王朝時代の身分制度の上位に位置する身分である。両班の下には中《チュン》

人《イン》、常民《サンミン》、賤民《チョンミン》がある。また、両班は文官職の東班《トンパン》と武官職の西班《ソパン》を合わせて呼ぶのだが、良洞の両班は東班、それも官職につくことの少ない学者を輩出している、めずらしい両班村なのだ。孫氏と李氏という二つの名家を中心にしているこの両班村からは、代々数多くの学者が出ている。朝鮮王朝時代の大儒学者で東方五賢の一人として仰がれた人もいるのだが、最近でも大学教授が六〇人ばかり、この村から出ているという。

良洞の村のあちこちに、かつての大儒者たちの書院や講堂があり、そのほとんどは文化財に指定されていて、観光客も見学することができる。これらの建物に掛かっている扁額の文字はすべて漢字だから、ぼくたち日本人観光客にとって親しみの持てる空間だ。

そういう書院のひとつを見ていたら、その奥の家に住んでいるらしい少年が、門をくぐって入ってきた。ぼくたちに会釈をして通り過ぎたのだが、少年ながらに気品をただよわせていた。凜とした面ざしに涼やかな眼の、とびきりの秀才といった少年だった。彼もきっと、この名村の生む大学者の一人になるのであろうと、その瞬間思ったものである。

坂道の途中で、幼い弟を連れている少女に出会った。むずかる弟をなだめている彼女にも、名家の子女らしい気品があった。

ああいう少年や少女を生みだす歴史と伝統が、この村にはあるのだな、と思ったものである。数百年のあいだ、この村に漂ってきた学問の気風が、日々の暮らしのすみずみにまで浸み透っているのだろう。

学者はたくさん出しているけれども、政治家は出していないという。代々、政治家になることを戒《いまし》めてきたのだと聞いた。政治家になれば、賄賂をはじめさまざまな悪に手を染めざるを得ないからだそうだ。たしかに、その通りだ。しかし、その戒語を実際に守ってきたということに、いささかの驚きを禁じ得ない。この村の伝統に脱帽するばかりだ。

とはいえ、村の伝統からはみだす者が皆無ということは不自然だろう。良洞の村内を歩いて、ただ一つ違和感のあった建物が、村の入口近くに建っている白い教会だった。

孫家だったか李家だったか、どちらかの名家の娘さんが、アメリカの大学へ留学しているあいだに熱心なキリスト教信者になり、帰国して父にたのんで建てさせた教会だということであった。

韓国にはキリスト教徒が多く、ソウルであれ慶州であれ、あちこちにキリスト教会を見かけるのだから、娘さんがキリスト教信者になるのに不思議はない。しかし、丸瓦屋根の伝統家屋群のなかに、ひときわ目立っている白い教会は、かなり異様なものだ。

名家の支配力と経済力があってこそ建てられたのであろうが、それにしても、この儒教村にキリスト教会を建てるとは、ずいぶん大胆な女性だ。宗教心の強さのあらわれでもあろうが、勁《つよ》い意思がそこに感じられる。できることなら、その娘さんに会ってみたかった、と思う。村で出会った、あの少年や少女のような、気品高い、理知的な眼の持ち主であろうか。

慶州で四泊した最後の夜、「瑤石宮」という雅びな名前の料亭で、宮廷料理の流れを汲んでいる韓定食を食べた。旧家の家屋をそのまま料亭に使っている店で、中庭に面した長方形の部屋には濡れ縁がしつらえてあり、窓には竹を編んだ品のいいすだれが掛かっていた。まるで京都にでもいるかのようであった。古都慶州だなあ、と感じ入ったものだ。濡れ縁に腰かけて煙草を一服していると、中庭に琴のような楽器の演奏が流れていた。生演奏なのかテープなのかは確かめなかったのだが、向う側の小部屋のすだれ越しに聞こえてくるようであった。ちょうど満月に近い月が、中庭の空に明るく輝いていた。

この料亭のとなりに、重要民俗資料になっている崔氏古宅がある。朝鮮王朝時代の半ばからここに大邸宅を構えてきた長者の家である。家業は造り酒屋で、その慶州校洞法酒は醸造法が重要無形文化財に指定されている。日本でも各地で造り酒屋がそれぞれの土地の庄屋とか名主を兼ね、文化の中心にもなってきたが、崔家も同様である。

この家の女主人が迎えてくださった。上下とも白の韓服に身をつつんだ、ほっそりとした老婦人だ。流暢な日本語での応待である。

八六歳、日本植民地時代に大邱《テグ》の女学校で学んだ。長いあいだ日本語は忘れていたのだが一五年ばかり前にかつての女学校の日本人先生と再会して、それ以来いろいろ日本語を思い出しているとのことだった。上品な、美しい日本語を話しておられる。

この老婦人が、崔家の家訓を話してくださった。崔家でも、政治家になってはならないという家訓がある。政治家になり、腹黒い人間になってはいけない、というのだ。世の中の人びとの役に立つように生きなさい、徳を施しなさい、という儒教道徳を守って生きてきた家系だとのこと。一里四方に一人でも餓える人がいてはいけない。餓える人を放置するのは崔家の恥だと言い伝えられてきましたと、縁に正座をしながら話してくださった。

慶州は仏教文化圏であると同時に、良洞の家々や崔家のように儒教文化を根づかせている土地でもある。市内の一画に、孝子碑があった。石組みの大きな台の上に太い四本柱を建て、そのなかに孝子をたたえる石柱を立て、丸瓦を葺いた二重屋根をかけてある。地蔵堂などよりはるかに立派な建造物だ。「孝」を重んずる儒教道徳のひとつの形であろう。

慶州にかぎらない。韓国の日常生活には儒教道徳が染み込んでいる。韓国のテレビドラマを見ても、長幼の序が人びとの言動のなかではっきり守られているのをよく見かける。父と子の関係が一例だ。子は父に対して礼儀を守った言動をする。父と子が酒を飲み交わす場面では、酒盃を子は顔を横に向けて遠慮ぶかく飲む。日本の父と子のように、盃を打ち合って対等に飲むということはしない。

二〇〇一年の韓国映画『友へ　チング』には、はじめちょっととまどって見たのだが、すぐ、ああ儒教道徳だなと思う場面があった。

舞台は釜山。四人の小学生が、いわば悪がき仲間で遊びまわっていた。幼なじみの四人の少年である。四人は別々の中学へ進むのだが、高校でふたたび一緒になってつるむようになる。

その高校での授業中、ちょっとしたことで怒り出した先生が、怒りをエスカレートさせて四人の一人を言葉でいたぶるばかりか、プロレス技をかけて痛めつける。しかし生徒のほうは、本来は喧嘩上手なのだが無抵抗のまま締め上げられ、なぐりつけられている。理不尽なのは最初から先生のほうなのだが、生徒は先生にやり返すことができない。長幼の序という儒教道徳に縛られているのだ。

韓国の儒教は仏教より早く入ったようだが、とくに朝鮮王朝時代、孝の精神にもとづく儒教道徳が強化され、家族制度から日常生活の細部までを規制し、その行動規範は良かれ悪しかれ現代にも及んでいるようだ。

チャオプラヤー川のほとりで

ひろびろとした川面にさまざまな形の大小の船が行き交っていた。下流へ向かう船もあれば上流へ向かう船もあるのだが、それだけではない。川を横切る渡し船も頻繁に往来している。

チャオプラヤー川だ。バンコクの老舗ホテル「THE ORIENTAL」の岸辺のテラスでお茶をのみながら、行き交う船を見ていて飽きることがなかった。

細長い舳先を水面から高く上げた小船が、波しぶきを立てて行く。屋形船タイプの観光船も、ガラス張りの観光船も、三階建ての大きな観光船も往来している。タグボートで三、四隻の荷船を曳いて行くのもある。小型の荷船に乗っている上半身裸の少年がこちらに向かって手を振っていた。洗濯物を川風にはためかせている船も少なくない。それらの船の間を、対岸からこちらへ、こちらの岸から対岸へと、渡し船が縫って行く。

その朝、まばゆいばかりの陽光の下、ぼくは妻と二人でホテルを出て、バンコクの市内散策に出かけた。泊まっていたホテルのそばにBTS（スカイトレイン）という高架鉄道の駅がある。カード式の改札口を通り、三つ先の駅で乗り換えて終点で降りると、その近くに桟橋がある。桟橋の一つが、チャオプラヤー川の岸辺に建っているホテルへ行くための渡船乗り場になっていて、それぞれのホテル名を屋根に書いてある船がつぎつぎとやってくる。屋根は一重のもあり二重のもあるが、どれも中国風の屋根だ。船首にタイ国旗、船尾にホテルの旗を掲げている。

どの船も時刻表はなく、桟橋に着いたときに一人でも客があれば、無料で乗せて行ってくれる。オリエンタルはBTS終点側の岸辺に建っているので、駅から歩いても行ける。だが、ホテルの船に乗って行くのが旅情をかき立てる。船上からオリエンタルのクラシックな西洋建築を一望していると、一九世紀とか二〇世紀はじめの世界にいるような気がした。

チャオプラヤー川は生きている。人びとの暮らしが川と共にある、という実感があった。

日本列島の多くの川でも、かつてはこんな光景があった。川に大小の船が往来していた。若いころ利根川の小型汽船に乗ったとき、出港の際には「蛍の光」が流れ、紙テープが船と桟橋の人びとをつないでいたものだ。中学生のころまでは、ふるさとの川（石川県南部の大聖寺川）に巡航船という定期船が走っていた。定員超過の船が転覆して多くの死者を出したため廃止になったけれども。

江戸の町の大量の需要を満たすため、佐原（千葉県）から江戸へ、たくさんの帆船が荷を運んでいた。そのほか、天竜川水運、北上川水運、最上川水運など、数え上げればきりもない。千曲川の定期船のことは、島崎藤村の『千曲川のスケッチ』に出てくる。

それぞれの川の水運事情はあるけれども、大まかに言うと、鉄道の発達がまず川から船の姿を消しはじめ、トラック輸送が便利な時代になると川船はほとんどなくなった。それに、ダムが川に造られてくると、水路が断ち切られるだけでなく、ダムより下流の川でも水量が減って船が走れなくなった。かつて東京の歌舞伎一座が浜松から船に乗って飯田へやってきたという天竜川も、本流に四つもの巨大ダムが造られてしまっては、舟運は絶えるしかなかった。

チャオプラヤー川は長さ約一二〇〇キロメートル。世界の大河川の一〇〇位までには入っていないが、それでも日本最長の信濃川の三倍以上ある大きな川だ。北部の山地に源を発し、途中で四つの大支流を合わせて、タイ中央部を南流している。河口近くにバンコクが栄え、バンコクを通り抜けた川はタイ湾に注いでゆく。下流部の大デルタ地帯は、水路が縦横に発達し、世界有数の米生産地である。

バンコクから北へ高速道路を一時間半ばかり行くとアユタヤだ。一七六七年まで四世紀あまりアユタヤ王朝の都であった町である。

アユタヤはかつて国際都市として繁栄していた。数多くの外国人居留地があったのだ。イギリス、オランダ、スペイン、ポルトガル、中国などが、アユタヤに拠点を築いて活動していた。その一つに、日本人町がある。

アユタヤ日本人町の跡地の一部が、いま公園と小さな記念館になっている。公園はチャオプラヤー川に沿っている。バンコクからはかなり上流だが、バンコク市内を流れる川に劣らず大きな流れである。ひろびろとしていて、水量が豊かだ。ぼくが今度訪ねたのは乾期のタイだが、雨期になったらさらに水位が上がり、川幅も広くなるのだろう。対岸の岸辺に、高床式の家々が並んでいる。脚の部分が水面上三メートル前後はあるだろうか。高床式住居は川と共に生きている人びとの生活様式で、タイにかぎらず東南アジア諸地域にひろく見られる。

国際貿易都市アユタヤへ、日本からは朱印船という形で一六〇四年から一六三六年までのあいだに少なくとも五六隻が渡航している。そのほかに密貿易船も数多かったとみられるが、これは記録されていない。

一七世紀初頭のアユタヤの人口は約一五万人で、そのうち日本人町を形成していた日本人の数はおよそ一五〇〇人と推定されている。時代によっては三〇〇〇人とも伝えられる。

リーダーは折り折りに交替しているが、なかでもよく知られているのが、山田長政である。駿河出身というだけで生年は不明の人物だ。慶長一五年（一六一〇年）ごろアユタヤへ渡り、頭角をあらわして日本人町の頭領に就いたのが元和六年（一六二〇年）ごろ、当時三〇歳ぐらいと思われる。アユタヤ国王の信頼を得、高い官位を与えられている。アユタヤ王国を攻めるビルマ軍との戦闘にも、日本人義勇軍を率いて勝利を収め、国王から重く用いられていた。だが、その国王が没してからは政争に巻き込まれて毒殺されてしまったらしい。四〇歳ごろのことである。アユタヤの日本人町も新しい王の軍隊によって焼き払われてしまった。一六三〇年一〇月のことだった。

山田長政の人物像はよく分からない。外国の国王に重用され高い官位に就くくらいだから、凡庸な人物でないことはたしかだが、暖かい人間であったのか冷めたい人間であったのか、見る人によって異なるようだ。部下の日本人兵士たちの略奪をほしいままにさせていたのではないかと非難する学者もいなくはない。

山田長政の肖像画が残っている。アユタヤにやってきた日本の商人に託して郷里である駿河の浅間神社に寄進した額に描かれていたものだという。額は戦艦の図を描いたもので、その片隅にか裏にか、あるいは別額なのかは不明だが、肖像画が浅間神社に掲げられていたという。のち天明年間の浅間神社火災で焼失したが、肖像画の写しがいまに伝わっている。

当時のアユタヤ王国高官の正装らしい豪華な衣服を着ている山田長政である。髪もちょんまげではない。頭のてっぺんまで禿げ上がっていて、耳からうしろにやや長めの頭髪がわりあい豊かにある。いくぶん面長で、鋭いまなざしと張りのつよい顎のあたりに意志の強さがうかがえる画だ。

いまのアユタヤ日本人町跡にある山田長政の記念館は、規模も小さく、全体としては土産物店のおもむきなのだが、その片隅に、朱印船の模型と並んで、山田長政の木像が立っている。この像は、浅間神社奉納の肖像画をもとにしているのであろう、肖像画そっくりに造ってある。

アユタヤのチャオプラヤー川を眺めながら、また、アユタヤからバンコクへ戻る観光船でチャオプラヤー川を眺めながら、この川を眺め、この川を行き来していた山田長政を思いやったことであった。

II　アジアの自然と人と

長江をめぐって

編集者時代に長編対話をつくっていたことがある。エッソ石油の文化広報誌「エナジー対話」というシリーズだ。はじめに二泊三日での対話をしてもらい、およそ一ヵ月後に一泊二日で再び対話をしてもらって、合わせて六、七回、合計一〇数時間におよぶ対話を一冊にまとめ上げていた。全部で二一冊を編集し、そのほとんどは後日いろいろな出版社から単行本や文庫本として再刊された。

シリーズのはじめのうちは、「詩の誕生」「人間と数学」「絵の言葉」「音楽の世界図」「劇的言語」「第三世代の学問」といった、芸術や学問の根源を問う対話を一〇冊近くつくった。その後、「『いきの構造』を読む」「『方丈記』を読む」などを経て、「アメリカ」「関西」「フ

ランス」など地名を表題にするシリーズをつくったのだが、その一つに「揚子江」がある。陳舜臣《ちんしゅんしん》さんと増井経夫《ますいつねお》さんとの対話で、一九八一年一二月の発行である。

陳さんは一九二四年神戸生まれの作家で、本籍は台北市近くの新荘という古い貿易港。台湾に移住する前の祖籍は福建省泉州府南安県という、鄭成功《ていせいこう》の出身地である。中国の歴史を素材とする数多くの歴史小説を書いておられるが、対話「揚子江」を進めていた当時、『中国の歴史』全一二巻を執筆中だった。

増井さんは一九〇七年東京生まれの歴史家で、東京帝国大学の東洋史学科を卒業し、金沢大学をはじめいろんな大学で教えておられた。『中国の歴史と民衆』『中華帝国』『中国的自由人の系譜』など中国関係の多くの著書がある。戦前の上海で魯迅《ろじん》に、杭州で郁達夫《いくたつふ》に会っておられる。

このお二人に京都郊外の宿で二泊三日、熱海に近い伊豆山の宿で一泊二日、揚子江（長江）を主題にして語り合ってもらった。

ぼくは以前から、川というものが人間の歴史に深くかかわっていると思っていて、川をテーマにした一冊をつくりたかった。それゆえの「揚子江」対話であったが、黄河でなく長江をとりあげたのは、漠然とではあったが日本文化との根のつながりが黄河よりも長江のほうに強いのではないかと感じていたからだ。

企画の段階で陳さんにも増井さんにもその考えを申し上げ、お二人の賛同を得ての対話が始まったのだった。

この対話は全部で七回行なわれ、七章にまとめられている。つぎの七章である。

第一章　中国の二つの流れ――揚子江と黄河
第二章　最後の約束の楽土――揚子江上流
第三章　俠の人びと――揚子江中流
第四章　繊細・文雅――揚子江下流
第五章　宦官その他――中国の北と南について〈一〉
第六章　六朝文化その他――中国の北と南について〈二〉
第七章　江南――日本人の中国像

毎回わくわくさせられる面白い対話に耳を傾けたものだった。そのいちいちをここに紹介することはできないが、とりあえず第一章の冒頭だけでも引用（抄録）しておこう。

増井●（略）魯迅が幼少時を回想して、紹興《しょうこう》あたりの運河の情景を書いていますが、（略）どこか母親の胎内を思い出しているような感じがありましょう。揚子江というのは中国人のふるさとじゃないかしら、という気がするんです。黄河じゃなくて、揚子江が……。

陳●揚子江には帆柱を立てて船がよく往来しているのですけれども、黄河にはその風景があまりないですね。（略）黄河というのは、木の生えていない荒寥《こうりょう》とした黄土地帯を背景にして、川の色もまさに黄色の河なんですが、揚子江の場合は緑なんですね。緑の田圃《たんぼ》のなかを帆柱が行く。つまり、田圃の向こうの運河を船が通るのですが、その帆柱が田圃の上を通ってゆくように見えている。（略）

増井●私が揚子江をまじまじと見たのは、南京の東、鎮江《ちんこう》のあたりだったのですが、漁師が何人も何人も船から魚をかついでくる。（略）一人が一尾ずつかついで並んで歩いてくるんですよ。こんな大きな魚がいる川かと、つくづく揚子江を眺めたものです。戦前のことですけれどもね。

とにかく揚子江という川は、中国の人びとの暮らしに深いかかわりを持っていますね。リヒトホーフェンの『中国』以来、中国文明は黄河と黄土の賜物だということになって、この迷信が一世紀を経てまだ消えていない。（略）中国の場合、源泉は揚子江だという気が、私は昔からしているのです。今年〔一九八一年〕になってようやく、高等学校の教科書に、中国では黄河と揚子江を中心に二つの文化圏が発達したと書いたのが出てきまして、揚子江への目がすこしあらわれてきたのですけれども……。

長江流域での古代遺跡の発掘が相つぎ、長江文明への関心が高まってくるのは、ごく近年のことだ。ついでに言えば、長江という河川名が日本で普通に用いられるようになったのも近年のことで、右の対話のころは、長江という名は一般になじみが薄く、ほんとうは「長江」という表題にしたかったけれども仕方なく「揚子江」を採用したのだった。対話のなかで陳さんも、揚子江というのは長江の一部分の名前だが、揚州あたりで西洋人に川の名前をきかれてヤンツーチァン（揚子江）だと答えたのが、いまでは川全体の通称になっていると話している。中国では当時も今も「長江」だ。

長江流域とひと口に言っても、上流、中流、下流でそれぞれ文明文化の違いがあり、そこに住む人びとの気質や人情の差異もある。対話のなかにその詳細が語られているのだが、それ以上に中国の北と南のあいだにある大きな断層も語られている。中国を大別して黄河を中心とする北と、長江を中心とする南とに分けて見るとき、お二人にとって親近感のあるのは南のほうだった。

ぼく自身も、その後中国を旅行したとき、北のほうには肌が合わないというか、違和感を持つことが多かった。北京や西安に古都の歴史を感じはしても、親しみは薄かった。紫禁城（故宮）の偉容に目を奪われたり、万里の長城に茫然としたり、秦兵馬俑《しんへいばよう》に驚嘆したりはするのだが、風景や料理や人情にはあまりなじめない。その一方、南のほうに行くと、緑の多い風景に安らぎ、緑野菜たっぷりの料理に食がすすみ、出会う人びとの表情にも親しみがある。北が嫌いと言うのではないけれども、南のほうが肌になじむ。

ただ、ぼくはまだ長江本流を見たことがない。三峡下りの船に乗ってみたい気はあるのだが、その機会のないままだ。

長江はチベット高原の北東部に源を発する二本の川が合流して雲南省から四川省へと流下してゆく。その雲南省あたりで金沙江《きんさこう》と呼ばれている長江上流の岸辺には立ったことがある。チベットから南流してきた川が大きく湾曲して北流して行く、その湾曲部の岸辺だ。

ゆったりと流れる大きな川を背にして、地元の女性たちが数人、ざるに盛った果物を売っていた。モモやリンゴのとれたてを、昔ながらの竿秤《さおばかり》で秤売りしていた。陽気な女性たちだった。言葉は通じなくても話は通じる。指を使い手ぶりを交えて、笑い声があがる。なんだか日本の田舎にいるような気がした。

その近くに虎跳峡《こちょうきょう》という大渓谷がある。断崖に刻まれた道を降りてゆく途中、オーバーハングした岩の陰で薬草を売っている老人がいた。一緒にたばこを吸って別れたのだが、老人はぼくが見えなくなるまで手を振ってくれていた。なつかしいおじいさんという気がしたものだった。

渤海国はすぐそこ

青年貴族大伴家持《おおとものやかもち》が越中国守として今の富山県高岡市へ赴任したのは、七四六年（天平一八年）のことである。家持はこの年二九歳で、それからの五年間、途中で一度だけ平城京への往復の旅をしているが、越中国守の館に住んで仕事にはげんでいた。

と同時に、この五年間は万葉歌人大伴家持にとっても大きな意味を持つ歳月であった。『万葉集』のなかでも屈指の歌人である家持の短歌・長歌の名作の大半が、この間につくられている。北陸の大自然に日々触れることによって、詩人の魂が輝きを放ったのだ。みやこにいたときの技巧にはしる恋愛詩人が、越中で雄渾な自然詩人へと脱皮していった。

その家持に、こんな一首がある。

鳥総《とぶさ》立て船木《ふなぎ》伐《き》るといふ能登の島山《しまやま》　今日見れば木立繁《しげ》しも幾代神《いくよかむ》びぞ

越中国守はいまの富山県と石川県能登地方とを管轄していた。家持は国守として域内諸郡の巡見に出る日々も多かったわけだが、右の一首は能登巡見の折りのものである。

能登の山々の原生林を目にしての歌だ。「船木伐る」というのは、この山々の木で船を建造していたということで、その船は、渤海《ぼっかい》使節団の帰国に際して作られたり、日本からの渤海への返礼使節団用に作られたりしていた。「鳥総立て」というのは、古来山から木を伐り出すときに山の神に感謝する民俗祭祀をあらわしている。

渤海国は七世紀末に建国された。一〇世紀前半に滅びるまでの二〇〇年ばかりのあいだに、この国は日本に三五回もの使節団を送ってきた。船団が目指したのは能登の福浦《ふくら》であった。風や潮流の関係で東北や山陰に入船することもあったが、その多くは能登に着いたと思われる。

来航の多い能登の福浦と越前の松原には使節団のための宿泊施設が建設されていた。福浦の迎賓館（客院）がとくに大きかったようである。

毎回の使節団の規模までは分からないが、運わるく遭難した第九次使節団（七七六年）の記録によれば、一八七名中一四一名を失い、四六名の生存者がかろうじて越前国加賀郡に漂着している。毎回おそらく複数の船が船団を組み、一〇〇名、二〇〇名、ときにはさらに多くの使節団を派遣してきたのだろう。

迎賓館などで航海の疲れを癒してから、使節団は威儀をととのえ、北陸路を経てみやこ（前半は平城京、後半は平安京）へ向かう。

使節団の表向きの名目は、その折り折りの日本朝廷の祝いごとを賀するためである。しかし実質は、献上品を持ってきて下賜品を持ち帰るという貿易である。民間の貿易船も往来していたようだが、公式の使節団ともなれば上質の貿易品による大きな利がある。渤海からは毛皮、薬草、蜜、昆布などが献納され、日本からは絹などの織物や糸が贈られた。

朝廷に招かれた渤海使節団は、渤海音楽を演奏し、詩文の贈答を行なった。渤海は現在のロシア領沿海州から中国東北地区東部、朝鮮半島の一部にまたがっていた国で、その文化は中国文化に近く、貴族たちは中国の詩文に通じていた。唐と密接な関係があり、渤海使節団からもたらされる唐に関する情報も貴重なものであった。

日本の遣唐使は七世紀から九世紀にかけて一五回派遣されているが、その航路はきびしく、遭難もたびたびであった。それに比べると、日本海を横断する渤海航路ははるかに安定していて、だからこそ渤海からの使節団は三五回という多くの回数をかぞえ、日本から渤海への使節団も一三回にわたって送られている。日本朝廷は、渤海使節団の応対に多額の出費がかかるため、来航回数を制限していた。そうでなかったら、使節団の来航回数はさらに増えていたはずである。

また、八九四年に菅原道真《すがわらのみちざね》の建言で遣唐使が廃止されたあと、日本からの留学僧らは渤海経由で唐に入っているし、それ以前にも、大回りにはなるけれども安定した渤海航路を使って渤海から唐へ向かう留学僧その他の人びとがいた。

渤海使節団は朝廷のもてなしを受け、さまざまの儀式を行ない、献上品と下賜品を交換し、音楽や詩文による文化交流を果たしたあと、ふたたび北陸路を経てその大半は能登の福浦(当時は福良)に向かう。

福浦は天然の良港である。「澗《ま》」と呼ばれる深い入江を二つ持っていて、外洋航海の大船が入れる。江戸時代から明治時代にかけては北前船《きたまえぶね》という買積み商船が、風待ち港としてたくさん入港していた港でもある。

大伴家持よりあとの時代のことになるが、八八三年に能登国に出された勅令では、福浦周辺の大木の伐採が固く禁じられている。「渤海客が北陸道岸に着く時、必ず還《もど》る船を此の山で造る。民の伐採に任せ、或いは材無きを煩《うれ》う。故に予《あらかじ》め、大木を伐るを禁ず」というわけだ。来航の際に損傷した船を能登の山の木で修理したり、修理不能の場合には新造船をつくることもあったのだろう。さらにまた、日本からの渤海使節団船を能登で建造していたと思われる。

渤海と日本とは、日本海を介しての隣国だったのだ。渤海から日本への移住民も少なくなかったらしい。公式記録にかぎっても、七四六年と七七九年に、渤海人が「化を慕ひて」数百人の集団で出羽国に渡来している。ほかにも小規模の移住者はずいぶん多かったのではないだろうか。

秋から初冬にかけて北西季節風を利用して日本海を横断してくるわけで、この季節の日本海は荒海ではあるが、それでも東シナ海航路よりは安全であったことは、渤海使節団船の航海が証明している。

三上次男《みかみつぎお》論文「東北アジア史上より見たる沿日本海地域の対外的特質」にも、「渤海人の来日は、公式の使節のみではなかったに違いない。私貿易者も往来したと思われるが、彼らも季節風と潮流を利用したとすれば、必ず能登・加賀・越前を中心とする北陸路、出羽、山陰などに到着したことであろう」と書かれている。三上博士はまた、渤海滅亡の後も、渤海国の遺民である女真人《じょしん》の海賊船や密貿易船が日本海を往来していただろうと言い、一〇世紀から一二世紀にかけて宋船が日本海を経て北陸に着いている例を引いて、北陸には渤海使節団受け入れ以来、「国際貿易地域的感覚」が醸成されていたのであろうし、「異国の文物に対する親愛感」が宋の貿易船を受け入れさせていたのであろうと推測している。

江戸幕府の鎖国政策で、日本海横断航路は許されなくなった。北前船などの日本列島沿岸航路に限られてきた。だが、日本海という海は、大きな湖のような海域だ。地図をひろげてみれば日本海はアジア大陸東北部の湖のように見える内海である。実際、数万年前まではアジア大陸と日本列島弧とのあいだの湖だったのだ。その後、数カ所で外海と通じるようになった内海に過ぎない。

つまり、太古、日本列島と大陸とは地つづきであった。中国大陸へは歩いても行ける。歩けば遠まわりだから、湖を渡って対岸へ着けば、そこはもうアジア大陸本体なのだ。日本海が内海となってからも、この性格は変わらない。まるで湖の向う岸へ行くようにして、人びとが日本海を往来していたのは、あまりにも当然のことである。

渤海人が公式にも非公式にも数多く来航していたのには、湖の対岸に似た心安さがあったはずだ。それに、もともと地つづきだったのだから、植物相もよく似ていて、移住した渤海人にとってもふるさとにいる気持ちを抱かせただろう。植物生態学者柴谷《しばたに》篤弘《あつひろ》氏によれば、沿海州の植生は東北日本とほぼ同じで、行ってみたらなつかしささえ覚えたという。

シルクロードの夢

大学に入ったときに知り合って、その後四〇余年、彼が亡くなるまで付き合ってきた親友がいる。大学では同じ文学部生だったが、教養課程を終えて専門課程に進むとき、ぼくが仏文か日本史かと考えたあげく仏文に決めたのに対し、彼ははじめから東洋史一本槍だった。そのわけは、シルクロードにあった。シルクロードの研究が彼の夢であった。だから学究の道をえらびたかったはずだが、そんな余裕は持てず卒業して学習参考書出版社に勤めた。その仕事に東洋史の勉強が役立ってはいた。しかし、仕事とは別にこつこつとシルクロードのことを調べていて、三人の息子を持つ年齢になってからも、会うとシルクロードを語ることがよくあった。彼の家に行くと、畳一枚に近い大きな手描きのアジア大陸地図に、文献で

調べ上げた網の目のような東西ルートを種々の記号入りで多色で書き入れたシルクロード・マップがあった。すこしずつ、この地図を精密化している彼の根気よさに感嘆もし、また、彼の夢の炎に羨望をおぼえもしたものだ。

だが、彼がシルクロードへ出かけることはなかった。中国の門戸が閉ざされていた時代が長く、ようやく中国旅行がかなり自由になったころには彼の体調がすぐれなかった。

深田《ふか》久弥《きゅうや》に『シルクロードの旅』という旅行記がある。一九七一年、没後まもなく出版された本である。深田久弥はこの年早春、親しい友人たち数人と一緒に山梨県の茅ヶ岳《かやがたけ》に登山中、脳卒中で急逝したのだが、シルクロード紀行の原稿はあらかた出来上がっていて、死後、夫人と編集者の協力で本になった。

深田久弥はその九年前にも、『シルクロード』という本を出している。長年にわたって調べてきたシルクロードについて書いたもので、この本の冒頭をこんなふうに書き出している。

東洋と西洋をつないだ道、荒涼としたアジアの心臓部を横切って、中国文化が地中海に達し、逆にギリシア・ローマ文化が東方に伝わった道、幾多の戦乱や民族移動が繰り返され、遺跡や廃墟に点綴《てんてつ》された道、自然の暴威に曝《さら》され、夢幻的な風景と怪奇な伝説を持った道、――その道にからんだ歴史や挿話や秘密を書こうと決めたものの、その厖《ぼう》大《だい》な量のどこから切り崩していけばいいか迷ってしまう。

私と同じジェネレーション、つまり明治の末に生まれた、夢想好きな人々の間には、一つの共通な憧れがあった。中央アジアである。ゴビ砂漠とかコンロン山脈とか聞いただけで、少年の夢がどんなに掻立《かきた》てられたことか。長じて私は中央アジアの探検記や旅行談を好んで読むようになった。そんな本は無数にある。

東洋史を専攻したぼくの親友は昭和のはじめの生まれだが、同じように中央アジアへの夢、つまりシルクロードの夢を見ていた一人なのだ。深田久弥の右の文章を読むと、ぼくは亡友の夢の炎のはげしさを思い、ついに自分の足でシルクロードを踏むことのなかった無念を思う。

深田久弥がシルクロードの旅に出かけたのは一九六六年一月下旬から五月下旬にかけてのことだった。ただし、シルクロードの西のほうだけである。「かくなる上は行かずにはおられない」と言って出かけるのだが、「がそれは普通の海外旅行のように簡単にはいかない。それに私が『シルクロード』に書いた地域は、現在中国の支配下にあって、入国が禁じられている。一番夢の多いところが旅行禁止になっているのである。それでは許された地域だけでも歩いて来よう」ということで、ヨーロッパを経由してトルコに入り、シリア、レバノン、ソ連トルキスタン、イラン、イラク、アフガニスタン、パキスタン、インドなどを、主に自動車を使って踏破した四カ月あまりの旅である。

　東京・杉並区の深田久弥の家には「九山山房《きゅうさんさんぼう》」と呼ばれる書庫があった。ぼくもそこに入らせてもらったことがあるのだが、書棚にはヒマラヤや中央アジアに関する文献があふれていた。長澤和俊《ながさわかずとし》氏によると「ある意味では日本の海外遠征隊の情報センター」になっていて、ほとんどすべての海外遠征隊が必ず顔を出していたという。厖大な文献と、深田久弥の学識と温厚な人柄とが、海外の登山や探検をめざす人たちを惹き寄せていたのだ。

　長澤和俊氏は或る日九山山房で、「キミ、中央アジアに行かないかね」と言われた。そう言われて、「だれが感奮せぬ者があろうか」と、長澤氏はその著『シルク・ロード踏査記』（一九六七年）のあとがきに書いている。たちまち同志が集まり、朝日新聞社の後援が決まって、七名のシルクロード踏査隊が編成された。六三歳の深田久弥を隊長に、三七歳の長澤和俊（当時東海大学講師）を副隊長にして、大学の山岳部監督や出版社編集者、新聞記者、カメラマンなどいずれも三〇歳代の五人が加わった。

シルクロードの西側半分ではあったが、一行はシルクロード上の遺跡をできるだけ多く踏査し、数多い東西交渉路の存在を実感し、とりわけマルコ・ポーロの足跡をたどってそのルートの実証にある程度の結論を出すことができたという。

マルコ・ポーロの『東方見聞録』には、当時から悪評があった。嘘つきの書いたでたらめ本だという非難が、写本を読んだ人びとのあいだに湧き起こっていた。ヴェネツィアから出かけて行って、二六年目に異国の服を着て帰ってきたのは事実だが、そのあいだ彼がどこで何をしていたのかは本人しか知らないのだから、旅行記を信じない人たちがいるのも無理はない。

また、現代人の目で見ても、旅行記の記述のなかには明らかに伝聞であるものも少なくない。チパング島（日本）について書かれていることは、元の世祖フビライ・ハーンのもとにいた一七年のあいだに誰かから聞いたことを誇張して記したもののようである。ただ、この黄金の島の話が、のちにヨーロッパ人を東方へ駆り立ててゆく一つの原動力になった。二世紀あとのコロンブスがその一人であったと言われている。

近年も、マルコ・ポーロは中国への旅行をしてはいないと主張する本が出たりしているように、彼の大旅行は謎にみちているのだが、しかし、砂漠旅行の話にせよ中国国内の駅伝制度の記述にせよ、実際の体験や見聞なしには書けそうにないことが多いのもまた事実である。

『東方見聞録』はヴェネツィアに帰ってきたマルコ・ポーロが、地中海貿易にたずさわっていたとき、ヴェネツィアとジェノヴァの海戦にまきこまれてジェノヴァの捕虜になり、約一年間を牢獄につながれていた、その獄中で出会った物語作者ルスティケロに話したことがもとになっている。マルコ・ポーロが獄中でルスティケロにかつての東方旅行のことを話し、その話をルスティケロが書きとめた。

ルスティケロが粉飾した部分もあるだろうし、写本によっては写し手が手を加えているのもあるようだ。マルコ・ポーロから後日話を聞いて、新しく書き加えた部分のある写本もいくつかある。

そんな事情もあったが何より、読む者の想像をはるかに超えた異国の風土や文物に、疑いの目が注がれたのはやむをえない。マルコ・ポーロという名は当時大ほらふきの代名詞にさえなっていた。

常識人の目にはうたがわしい。しかし、もし本当のことなら、これほど夢をかきたてる話はない。マルコ・ポーロの往復路をはじめとする東西の道が、その後、深田久弥にもぼくの親友にも夢を見させたのは当然のことだ。

多田等観と河口慧海

多《た》田《だ》等《とう》観《かん》老師を千葉県の姉ヶ崎のお宅に訪ねたのは、一九六五年春のことだった。ぼくが編集していた季刊雑誌で「文化の接触と交流」という特集号を企画していて、そこにチベット仏教・チベット文化についてのエッセーを書いていただくお願いに伺ったのであった。残念なことに多田さんは体調を崩しておられて、執筆を引き受けていただくことはできなかったのだが、ぼくは短時間ながらお会いできたことに満足した。帰り道、あの多田等観に会ったのだという軽い興奮で足がはずんだものだった。

多田等観はそれから間もなく一九六七年に七七歳で逝去されたが、その青年期に、一九一三年からの一〇年間をチベットの仏教寺院で送られた方だ。一三世ダライ・ラマに信頼され

ての僧院生活であった。

ぼくは老師の生家である秋田市の寺や、花巻にある弟さんの寺で、老師がかつて日本に持ち帰ったチベットの経典やさまざまの文物を見せてもらったことがある。巻物になっているチベット文字の経典の美しさに見とれたりしたものだ。

多田等観の持ち帰った文献は、東大や東北大などにも保管されているのだが、とにかく大量であった。没後に編集出版された多田等観著『チベット滞在記』(一九八四年、白水社刊)の巻末に、多田等観をよく知る三人の学者による追憶座談会が付されていて、そのなかにも招来文献がいかに貴重であるか、いかに大量であるかが特筆されている。多田等観自身、「玄奘三蔵《げんじょうさんぞう》よりもおれのほうが持ってきた」と語っていたそうだ。

チベットの仏教文献がなぜ貴重なのかは、『チベット滞在記』に記されている次のくだりに明らかだろう。

……チベットの文化は、西暦六世紀のころインドから入り始めた仏教文化が基礎になっていて、もはやインドには見られなくなった仏教文化が、チベットに伝わって、往時のインドを彷彿《ほうふつ》とさせるに足るものがある。したがってチベットの文化は、その仏教と同じにインド伝来の仏教文化である。前にも述べた通り、チベットの歴史的建国は、ソンツェン・ガンポに始まったが、当時のチベットには言語はあっても文字はなかった。そこへインドから仏教関係の文献が入ってきた。しかし自分の国の文字もないし、どういうことが書かれているかも分からず、その翻訳もできなかった。そこでまず文字を拵《こし》らえることから始め、次第に文化の基礎をきずく運動が起こり、チベットの文化は自《おのず》から仏教文化を基礎として発展した。熱烈な信仰によって事に当たった人々の当時の翻訳の態度はすべて直訳風で、一字一句もかりそめにせず、仏教の正しい意味を後世に伝えようと努力した。このように極端な直訳をしたことが、インドにすでに原典のないものの場合に、その原典に戻すこともまた可能であるというようなものが、チベットには現存しているという利点となった。のちに集大成されたものに、チベットの大蔵経がある。このチベットの大蔵経は、カンギュル部門とテンギュル部門との二つに分けられ、前者は釈迦の説いた教義、後者はその註釈であって、インドから中国に翻訳されたものよりも、その量においてもずっと多いのである。

チベットが長く閉ざされたままであったことが、これらの文献のいわば純粋保存に役立っていたのだが、多田等観はこうした仏教文化が世界に紹介されて、仏教文化を通じて世界の人々が「幸福になり、平和になる」のをねがっていた。そのための文献持ち出しであった。「私はデルゲ版のチベットの大蔵経をチベット外の世界に持ち出した。その他、歴代ダライ・ラマ全書、歴代パンチェン・ラマ全書、プトン大師全書、また高徳ラマの多くの著書、歴史、文学、文法に関したものなど、莫大なチベットの文献を、私は帰国に当たって請来した。またチベット大蔵経目録、チベット選述の目録などを編集して、世界の学界にチベットにはこういう文化があるということを紹介することができた」と書いている。

多田等観がチベットに入ったころ、相前後して二人の日本僧がチベット入りしている。河《かわ》口《ぐち》慧《え》海《かい》と青木《あおき》文教《ぶんきょう》である。河口慧海はこのとき二度目のチベット入りである。『チベット旅行記』には生死を賭けた最初のチベット潜入が生々しく語られているのだが、二度目は日本を出てから九年間はインドで梵語学習や仏典収集に当たりながら、チベットに入る機会をうかがっていた。鎖国のチベットに外国人が入るのは厳しく禁じられている時代であった。河口慧海の一度目のチベット入りのときは、チベットの官憲が厳しい目を光らせていた。その二度目のときは、多田等観も青木文教もそうなのだが、インドを支配するイギリス官憲がチベットに外国人が入るのを妨げていた。だから三人共に辛うじてチベットに入ったのだが、大正時代初期にチベット入りした右の三人のうち河口慧海は数ヵ月、青木文教は約二年のラサ滞在で帰国し、多田等観だけが一〇年もの長い僧院生活を送ったのであった。

『チベット旅行記』は河口慧海が最初のチベット滞在から帰国した直後の一九〇三年に、「西蔵探検記」の題で新聞に連載され、翌年博文館から『西蔵旅行記』として出版されたものの旺文社文庫版である。文庫版で六〇〇ページを超える大著に当時の秘境チベットの風物風習なども眼前に見るように詳細に語られているのだが、なんといっても読者の胸を打つのは、チベットへ入るまでの生死の境を行く旅の記録であろう。雪のヒマラヤ山中をひとりで行く、それも人目を避けながら行く旅だ。何度も死の危険にさらされる旅であった。

戦後、川《かわ》喜《き》田《た》二郎《じろう》が『ネパール王国探検記』（一九五七年、光文社）に書く。「師（河口慧海）の最後のコースは間道のまた間道の、またまた間道のまたまた間道であった。私はまったく舌をまく。その剛毅。その不屈の魂。その周到な準備。そしてその正確な観察。……私は彼のコースをずいぶん歩いたから、身にしみてそれがよくわかる。」

困難という言葉ではとうてい足りない、地獄をひとり行くような旅である。或る雪山は十四、五日間は人に会うことがないと分かっている行路だ。人に会うということは、それが山賊である可能性が大きく、山賊でなかったとしてもいずれ官憲に賞金めあてで通報されるかも知れないのだから、なるべくなら人に会わぬほうがいい。とはいえ、雪の山中をひとり行く孤独感はいかばかりのものか、想像もつかないほどだ。三四歳の彼が、羊二頭に荷を積んで、道もない雪山を磁石だけを頼りに歩きつづける。羊たちが疲れて雪のなかに坐り込み、ついに横倒しになってしまう。

……コリャもう、どうしても羊と一緒に死なねばならんのかと途方にくれておりました。ドウもしてみようがないから、羊の荷物をおろして夜具を取り出してそれを被《かぶ》り、ソレから頭の上から合羽《かっぱ》を被ってしまいまして、ソコで羊の寝転んでいる間へ入って積雪中の坐禅ときめこんだです。（中略）人間の臨終《いまわ》の際《きわ》というものは、こういう工合に消えて行くものであろうかというような感覚が起って来たです。（中略）このまま死ぬよりほかはあるまい。（中略）仏法修行のため斯道《しどう》に倒れるのは是非がない。

意識不明になり一日あとか二日あとか、どうにか生き返っている。その後荷物も盗まれ、背に負った荷一つで山を越え川を渡る旅をつづけてチベットに入る。その体力にもおどろくが、その精神力には感嘆するほかない。

海が呼ぶ

宮本常一《みやもとつねいち》は聞き上手の人だった。民俗学者として無名の人びとの話を聞き出すためでもあっただろうが、天性の聞き上手だったのだろうと思う。相手の人たちはいつのまにか旧知のような気になって、心の内側までを話しだすのだった。

そうして聞いた話の一つが、『忘れられた日本人』に収められている名作「土佐源氏」だ。かつて牛馬の売買で世間を渡り歩いてきた男が、いまは老いて土佐の山村のぼろ小屋に住んでいる。盲目の老人である。この老人が女遍歴を語るのだ。なかには身分違いの奥方との恋もあるのだが、盲目の老人はこんなふうに言って長い独り語りを終えている。「ああ、目の見えぬ三十年は長うもあり、みじこうもあった。かまうた女のことを思い出してのう。どの

女もみなやさしいええ女じゃった。」

胸にしみる話である。一度読めば忘れられない。ここに人生というものがある。

この宮本常一が、「海ゆかば」というエッセーを残している。短いエッセーだが、無名の人びとの壮快な人生を聞き出している名作だ。

登場するのは二人の漁師である。一人は一九四九年夏に宮本常一が話を聞いたとき、九〇歳近い老人だったが、裸に赤ふんどし一つの現役の漁師だった。この老人が若いときの冒険を話してくれた。

老人の子供時代に明治維新があり、青年時代には漁場が解放されて、どこへでも漁に行けるようになった。そこで友達と二人で小船を漕ぎ、大阪湾から西へ西へと行ってみた。

西へ西へと魚をとりながら、ゆくと、いつの間にか下関へ来た。ついでに玄界灘を見ようと、その西の海へ出たが広いの何の、まったくおったまげて、ついでにその海をわたって見ようと壱岐《いき》・対馬《つしま》を経て、朝鮮へたどりついた。そこからは言葉は通じないが、釣った魚を買ってくれる人はいて、不便はなかった。とにかく魚はすごく多くて、瀬戸内海などおよびもつかなかった。魚を釣るのが面白うて仕様がない。それで朝鮮の西岸を北へ北へと辿っていって、途中で正月を迎えた。しかしゆきつく所まで行って見ようと言うことになってだんだん北へ進んだ。その間日本人には一人もあわなかったというが、とにかく大きな川口の港のあるところまで来てそこではじめて日本人に逢った。多分塘沽《タンクー》だろうと思うが、その奥のほうに天津とか北京の都があると教えられた。そしてこのあたりをうろうろしていると役人につかまるだろうから、早く帰ったほうがよかろうとさとされた。これから南の方へいったらどこへいくだろうと聞いたら、天竺《てんじく》（印度）へゆけると教えてくれたが、「その船では小さすぎる」といわれて、引かえして出直すことにして、またもと来た海を内地まで戻って来たという。

帰ってくると、結婚させられたり、子供ができたりして、インドへ行く機会はなくなったとのことだ。

宮本常一が出会ったもう一人の漁師は、やはり若いとき朝鮮へ行ったという。こちらも友達と二人で旅漁に出たのだが、友達のほうは玄界灘におそれをなして一人で帰ってしまった。

結局彼一人で時化《しけ》の玄界灘を辛うじて渡り、釜山《プサン》の近くで漁をつづけた。魚をとるのが面白くて気がつくと四〇年が経ち、故郷が恋しくなって帰ってみると、仏壇に自分の位牌があったという。宮本常一はこのエッセーをつぎのように結んでいる。

> そのようにして日本の周囲の漁場は開かれたものであろう。海の男たちには農民に見られぬ無鉄砲さと可能性を信ずる心がつよかった。

江戸幕府が海外渡航を禁止するのは一六三九年である。大型船の建造を禁じ、帆は一本マストの一枚帆に限定して、外洋への航海を不可能にした。しかしそれ以前は、中国型ジャンクや西洋型帆船で、多くの日本人が外洋へ出、東南アジアの諸港へ進出していた。

いちばん近い外国である朝鮮半島について言えば、「海ゆかば」の二人の漁師のように手漕ぎの櫓船で渡れるのだから、古来多くの人びとが海を渡っていた。海が荒れていなければ、対馬北部から釜山へは八時間ぐらいで漕ぎ渡れるという。一五世紀の記録でも、朝鮮半島から対馬へ八時間で着いている。

古くは刳船《くりぶね》だったと思われる。丸木船である。素朴な小船だが板を組んだ構造船に比べて壊れにくいという利点がある。これを櫓で漕ぐなり、櫓と帆を並用するなりして海を渡るのだ。

のちに朝鮮半島南部で発達するのが、筏船《いかだぶね》である。対馬でも一九五〇年代までは筏船を見ることができたようだが、朝鮮半島の筏船のほうが精巧にできていた。丸太を編んだ筏は大量の物資を運搬できる。大陸から日本列島にもたらされた牛や馬などは、筏船に乗せられてきた可能性が大きい。

半世紀前のことになるが、大学生のときにしばらく付き合っていた男が、朝鮮半島からの密航者だった。あるときそのことを打ち明けてくれたとき、日本海を筏で渡ってきたのだと洩らしていた。真偽のたしかめようはないが、いまでもそのときのひそひそ話をおぼえている。おそらく朝鮮半島北部から、日本海をまっすぐ渡って、山陰地方のどこかの海岸に着いたのだろう。彼は手製の筏で、一人きりで海を渡ってきたようだった。彼がもともと海の男であったのかどうかは不明だが、宮本常一の出会った漁師たちときわめて近い心の持ち主だったのだろうと思う。

鎖国が解けたあと、多くの人びとが海を渡ってアジア各地へ出て行った。もっと遠く、ハワイやオーストラリアや南米まで出て行った人びともいる。海の民の血が、日本列島という長大な海岸線を持っているこの列島には、脈々と流れているのだ。ハワイで言えば、早くから出かけて行ったのが、沖縄の糸満《いとまん》漁民だった。行ってみると魚がたくさん釣れる。家族や親類を呼び寄せる。国境などという窮屈なものには縛られない、海の民の自由な心が移民の口火を切っていた。

海を渡って行ったのは、ほとんどが無名の人びとだから、記録らしい記録がないのだが、たまたま記録のある人物の一人に、「マレイの千代松」という男がいた。この男は一八七一年、明治四年に、シンガポールに上陸し、ちょんまげに脇差しという姿をあやしまれてポリスにつかまるのだが、吹き矢とか玉転がしといった遊戯を流行させて大儲けのあげく、女郎屋を開いて親方に収まっている。この男のようないかがわしい人物も数多く、海を渡って行って各地に根を下ろしていた。鎖国時代とは一転した海外進出が始まっていたのだ。

マレイの千代松のような男たちの手で、海外へ連れ出されて娼婦として生きた女たちも多かった。貧乏が生んだ「からゆきさん」であり「娘子軍《じょうしぐん》」である。日露戦争後から大正時代初期にかけてがとくに多く、その数は二万人をはるかに超えると推定されている。教育も受けられなかった彼女たちは、文字の記録を残していない。

売薬行商人がもう一つの海外進出グループだ。中国奥地からマレー半島やインドネシアの島々まで、若者たちが薬を売り歩いて儲けていた。なかには医者の役割まで引き受けさせられた者もいた。アジア諸地だけでなく世界中をまわっていた旅芸人もたくさんいたのだが、数少ない有名芸人は別として、多くは異国のドサまわりをつづけた無名の人びとだ。それらの人びとにも、海の民の血が流れていたのではないだろうか。

砂漠に緑を

今年（二〇〇二年）の春は黄砂の飛来が多かった。

ぼくはこの一〇年あまり毎年四月初めに青森県の八甲田山にあるホテルへ泊まりに行っている。ホテル周辺は五メートルを超える残雪の時期で、山々は白一色の雪世界だ。ところが今年は違う風景だった。暖冬で例年よりも雪が少なかったのだが、それ以上に、雪の色にびっくりさせられた。どこもかしこも黄褐色の雪だった。

黄砂がひどかったのだという。連日のように黄砂が舞って、八甲田の山々の雪を覆ったのだ。

報道によると北京の黄砂も今年はとりわけ大量だったという。韓国でも黄砂のために飛行

機の欠航が相次ぎ、小学校を休校にした日があったと聞く。

中国大陸の内陸から強い偏西風に吹き上げられた黄砂が、北京やソウルに降るだけでなく、日本海を渡って日本列島の日本海側に降りつづく。八甲田山の変色した雪山風景を目にして、ぼくはその壮大な風と砂の旅に一種の感動を禁じ得なかった。眼前の黄砂が数千キロメートルものかなたから飛んできたのだと思うと、それが迷惑なものだとは知りながらも、大自然の見せる巨大なドラマにも感じられる。

黄砂は中国で沙尘暴《シャチェンバオ》（砂嵐）と呼ばれている。北京では三月から五月にかけてしばしば見られる現象だが、やはり今年は異常だったそうで、晴天の空が黄色く変色し、薬局のマスクが売り切れたという。

中国の国家環境保護総局による調査研究では、砂嵐の発生源は中国国外と国内とに大別できる。中国国外の主な発生源は、モンゴル南東部のゴビ砂漠とカザフスタン東部の砂漠で、中国国内の主な発生源は、内モンゴルの砂漠地帯や新疆《しんきょう》のタクラマカン砂漠などである。それら乾燥地域で発生した砂嵐が、北ルート、西北ルート、西ルートを通り、通り道でも大量の砂を巻き上げて東へ飛ぶ。

近年その発生回数が増え、規模も大きくなっている原因の一つは、砂漠化の進行であると見られている。砂漠化の進行にはさまざまな要因が複雑にからみ合っているのだが、地球規模の気候温暖化や農地拡大による森林の減少などが砂漠化を加速させているようだ。

中国ではこの一〇年、年間二五万ヘクタールのペースで砂漠が増えつづけ国土の一八パーセントがすでに砂地となっている。中国政府は植林事業や耕地を草地・樹林にもどす事業などを推進し、今年から砂漠化防止法を施行して生態系保護地域を指定し、企業や個人の植林活動への支援策も打ち出している。

二〇〇二年三月の第九期全国人民代表大会で発表された「政府活動報告」のなかでも、「耕地を樹林に復元する規模を拡大する」という政策がうたわれている。いわゆる「退耕還林」「退牧還草」のすすめである。砂漠化の進行をとどめるのは容易なことではないだろうが、ともあれ昨年あたりからその対策が急速に進められている。日中の黄砂共同調査も、日本の国立環境研究所と中国の国家環境保護総局とのあいだで始められ、韓国も参加を申し出ている。

一方、日本からの植林ボランティアも以前から活動している。手もとに『沙漠浪漫Ⅲ』という冊子があるが、これは日本沙漠緑化実践協会の一隊である「NGO緑の協力隊・関西澤井隊」の砂漠植林記録である。中国の内モンゴル自治区庫布其《クブチ》沙漠恩格貝《オンカクバイ》での二〇〇一年九月の植林活動が、澤井敏郎《さわいとしろう》隊長（一九三一年生まれ）をはじめとする二八人の隊員によって報告されている。

　日本沙漠緑化実践協会は、一九九一年に鳥取大学名誉教授遠山正瑛《とおやませいえい》氏によって設立され、以降約二〇〇〇のボランティア植林隊が恩格貝へ出かけ、のべ約五〇〇〇人でおよそ三〇万本のポプラ苗木を砂漠に植えてきた。現地の人びとに依頼した二七〇万本を合わせると約三〇〇万本のポプラが植えられ、広大なクブチ砂漠（約二万平方キロメートル）のごく一部分ではあるが大阪市の広さにあたる恩格貝の砂地にポプラ林が出現し、草原化が始まって、虫が飛びトカゲが這い鳥がさえずっている。

　ジャン・ジオノの『木を植えた男』は実話のように見えて実はフィクションなのだが、南フランスの荒地に森を再生させた一人の男を描いている。一人の男が何十年にもわたって黙々とドングリを地中に埋めて木を育て、やがて緑と水のあふれる森が大地を覆う。男がいなくなったあと、そこに美しい村が出現し、森のめぐみを受ける幸福な暮らしが営まれるが、そこに住む人びとは昔からその森があったと思っている、という話だ。

つくり話ではある。しかし、説得力にみちている。ぼくは今では、この話が現実にもありうることだと思っている。というのは、四国の別子《べっし》銅山跡の山を見たからだ。別子の山は江戸時代からの銅鉱石の採掘と精錬のためにかつては裸山になっていた。その山の荒廃を放置しては「天地の大道にもとる」と言って大植林計画を推進したのが、明治中期の銅山経営責任者であった。その後一世紀、明治時代の写真で見ると隅々まではげ山になっていた別子銅山の山々が、いまは信じられないくらいの森に覆われ、春は新緑、秋は紅葉の美しい風景を見せている。

恩格貝の砂地に生まれてきたポプラ林も、そうなってくれるのではないか。一本の木を植えるには深さ七〇センチもの穴を掘り、根に保水剤をつけた苗木を入れ、水をやって埋めもどし、もう一度水をかけてからさらに土を埋めてゆく。それでもすべての苗木が高木に育つわけはないだろうけれど、人の手が加えられれば自然の再生力が力を発揮する。別子銅山の森林再生がそれを物語っている。日本の山と中国の砂漠とでは自然条件が大きく異なっているとはいえ、恩格貝の植林地の写真を見れば、大丈夫という気がする。

恩格貝の砂地の断層下部には厚い草炭層がある。ということは、かつてここが草原であったということだし、その草炭層のなかからニレの木が見つかっている。一万年前の草炭層である。草原に風が渡り、ところどころに立つニレの木の木の葉をそよがせていた風景が目に浮かぶ。その自然を取りもどすことが不可能とは言えないのではないか。

澤井敏郎氏によると、砂漠緑化のための植林活動に対する批判はいろいろあるという。砂漠という自然を人の手で緑化しようとすることそれ自体が自然破壊だという批判もあるが、ポプラ植林への批判あるいは危惧が語られる。一つは、単一樹種の純林は虫害に弱くて永続性がないという指摘だが、砂漠緑化用の先行樹種としてはポプラが最適という考えからのポプラ植林が実施されているとのことだ。ポプラのように成長の早い木でないと、吹き寄せる砂に覆われて枯れてしまうのだ。また、ポプラは落葉広葉樹で葉からの水分蒸散が大きく、そのため地下水位を下げて砂漠化を早めるのではないかという危惧も指摘される。その一方で、落葉樹は落葉が腐葉土をつくるので保水力を高めるという見方もある。

日本人がはるばる中国まで行って植林するのは、たんなるお人好しだとか、常時育林にたずさわるわけではないから自己満足にすぎない、といった冷ややかな見方もある。

大学で林学をまなび、住宅資材メーカーに勤めて木と長くかかわってきた澤井氏は、しかし、いろんな批判を知りながらも、定年後の自分にとって、広大な砂漠のなかのささやかな一隅であっても、その緑化に力をそそぐことが、長年世話になってきた木への恩返しだと考えている。

中国の大地はあまりに広い。砂漠化の進行がどれだけ防げるか、砂漠緑化がどれだけ進められるか、予測はむずかしい。ただ、最近の中国政府の発表によると、エコ目的での昨年の耕地減少（退耕還林）は約五九万ヘクタール、少しずつではあるが進んでいるようだ。

III　アジア文化模様

「アジア」のいろいろな顔

アジア経済研究所という特殊法人に勤めていたことがある。一九六一年から二年間、この研究所の広報部にいて、月刊機関誌『アジア経済』の編集をしていた。中国の人民公社についてのリポートとか、インド財閥の分析といったものを載せたり、ジャーナリストによるアジア諸地域の政治経済動向を連載したりしていた。

創立間もない研究所だった。農政学者の東畑精一《とうはたせいいち》を所長とし、古武士然とした硬骨漢のこの所長のもとで、一種の熱気をはらんでいた。ぼくは研究畑ではなかったので、素人ではあったけれども、機関誌編集を通してアジア問題を展望する位置にあり、安月給を補ってくれる面白さがあった。なお、アジア経済とはいうものの、アフリカや中南米も研究領域としていたので、実態は第三世界研究所、あるいは発展途上国問題研究所とでも言うべきものだった。ぼく自身、旧フランス領アフリカに興味を持って、『プレザンス・アフリケヌ』という文芸雑誌を取り寄せ、セネガル大統領をつとめたレオポルド・サンゴールの詩を試訳したりしていたものだ。

それまで勤めていた出版社を辞めてこの研究所に転職するとき、大学時代からの友人の何人かから非難めいたことを言われた。

「なんや、それ、右翼団体とちがうか。やめとけ」

四〇年ほど前のそのころ、「アジア」という言葉は禁句とまでは言えないが、かなりいかがわしさを伴っていた。戦前戦中の大アジア主義とか、ひいては八紘一宇《はっこういちう》という侵略思想を連想させるところがあったのだ。現在、アジア経済研究所を右翼機関と思う人はまずいないだろう。「アジア」のイメージは時代と共に変わっている。

しかし、もともと「アジア」は地域名称にすぎない。ユーラシア大陸の大半と近接する島々からなる地域の呼び名である。ユーラシア大陸西部の大半島であるヨーロッパを除く地域を「アジア」と呼んできた。

その名称の起源について、『世界大百科事典』はつぎのように記している。

……そもそもアジアやヨーロッパの名が生まれたのは、地中海の東部にかつて栄えたフェニキア人が、フェニキアより東のほうを日の出の国Acu、西のほうを日没の国Erebと呼んだのがもとであるという。

『新世紀百科辞典』にも同様な記述がある。「かつて地中海東岸に栄えたフェニキア人が、彼らの住む地より東方をアス（Açu）（日の出の国）と呼んだのが始まりとされている」と、AcuとAçuの表記の違いはあるものの、ほぼ同じ由来を挙げている。

一本の線で区分される地域名ではない。曖昧で大ざっぱな区分にすぎないから、その後の歴史のなかで、いろいろ揺れ動いてきた。のちに「近東」とか「中東」といった、アジア西南部を指す言葉が出てくるのも、「アジア」がかならずしも画然と仕切られた地域ではないことから来ているだろう。「近東」は主にアメリカ人が用い、「中東」は主にヨーロッパ人が用いてきたのだが、しだいに「中東」という呼称が大勢を占めてきている。一方、その地域を「西南アジア」と呼ぶ研究者もいる。いまトルコがEU（ヨーロッパ連合）への加盟を求めているが、ヨーロッパ人からはトルコはアジアの国、中東あるいは西南アジアの国と目されていて、EU加盟への拒否感がつよい。ユーラシア大陸のどこまでがアジアで、どこからがヨーロッパなのか、政治・経済・文化の歴史が複雑にからんでいて、明確にするのはなかなかむつかしい。

また、ひとくちに「アジア」と言っても、あまりにも広大な地域であり、あまりにも違う歴史を持っている地域だ。気候も植生も種々雑多である。生活文化も大きく異なっている。宗教もいろいろだ。ほんとうに「アジア」という一つの地域特性はあるのか。

岡倉天心《おかくらてんしん》が一九〇三年にロンドンの出版社から出した『東邦の理想』The Ideals of the East, with Special Reference to the Art of Japanの冒頭に、有名な一句がある。

「亜細亜《アジア》は一なり。」

ヒマラヤ山系によって、中国文明とインド文明という二大文明が分けられているように見えるけれども、それでもアジアは一つだと唱えるのである。ぼくの目にはかなりの強弁と映るのだが、天心の言うところは、ほぼつぎのようなことだ。最終章に「総叙」として、こんなふうに書いている（村岡博訳、新字新仮名に改めて引用）。

亜細亜の簡素な生活は、今日蒸気と電気の為に、亜細亜が欧羅巴《ヨーロッパ》と著《いちじる》しき対照をなしていても、何等之《なんらこれ》を恥として憂うる必要はない。旧時代の商業界、職人と行商人の社会、村の市場と縁日の社会、小舟が地方の産物を積んで大河を上下する社会、宏壮な邸宅には悉《ことごと》く多少の庭があって、そこで旅商人はその織物や宝石を陳列して、美しい被衣《かつぎ》をした婦人がこれを見て買うことが出来るような世界はまだ全く廃れてはいない。

天心はそういうところにアジアを見、そのアジアに共通する精神を、たとえばつぎのようなところに見ていた。

如何《いか》にも亜細亜は時間を滅却する交通機関の熱烈なる歓喜は少しも知らないが、然し今尚《いまなお》巡礼や雲水という遥かに深い意義を有《も》つ旅の修養がある。蓋《けだ》し、村の主婦達から食を乞い、或は黄昏時に何かの樹蔭に坐して、土地の百姓と談笑喫煙している印度《インド》の行者こそは真の旅人である。

近代ヨーロッパの機械文明に対比して、アジア文明の精神性の豊かさに注目したいという議論で、二〇世紀初頭世界でのアジア蔑視に対して強い異議を申し立てているのだ。停滞、貧困、低教育というのが、アジアのイメージをつくっていた時代に、それなりに有効な発言ではあった。しかし、そう簡単に「アジアは一なり」と言い、アジアを持ち上げてみせるだけでいいのだろうか。

ユーラシア大陸をその大半とする旧世界について、ぼくなどを納得させてくれたのは、むしろ梅棹忠夫《うめさおただお》の『文明の生態史観』であった。

一九五七年の『中央公論』二月号に「文明の生態史観序説」が発表され、その後この観点から書かれた諸論があつめられて一九六七年に『文明の生態史観』が刊行された。そこには、従来安易に用いられてきた東洋と西洋、あるいはアジアとヨーロッパといった枠組みを根幹から解体して再構築する世界像が描き出されていた。

この本のなかで、アジアは単一概念としてはとらえられていない。「アジアは単一ではない。均質的な空間ではない」というのが、著者の豊富な現地体験をも踏まえた主張であり、そこに「中洋」という概念が提起されている。「東洋」「西洋」のほかに「中洋」が存在するという論である。インド及びイスラーム諸国をさして「中洋」と呼ぶのだ。

宗教や人種や言語など文明の諸相にわたっての「中洋」論が展開されているのだが、そのいちいちについては、ここでは触れない。日本文明の位置づけについても、いま中公クラシックスに入っている本書を読んでいただきたい。ここにはただ、「中洋は、ひろく、おおきい。東洋から西洋にむかう途中、われわれは、ほとんどまる一日のあいだ、中洋諸国の上空をとばなければならないのである。それはなにも、不毛なる精神の砂漠の横断ではないのである」という一文を引いておく。

漢字文化圏あれこれ

日本ペンクラブと中国ペンセンターは、交互に代表団を送って交流をつづけている。一九九八年は中国の代表団が日本を訪ねる年だった。

団長は李国文《りこくぶん》。一九三〇年上海生まれの作家で、八二年に長編小説『冬の中の春』で第一回茅盾《ぼうじゅん》文学奨を受け、八五年の『危楼記事』では全国優秀小説賞を得ている作家だ。九六年の作家代表大会では中国作家協会主席団委員をつとめている。

訪日代表団はこの李国文を団長として、文芸評論家の陳遼《ちんりょう》、エッセイストで中国作家協会書記の金堅範《きんけんはん》、女性作家で中国作家協会理事の王小鷹《おうしょうおう》、中国作家協会員で日本語のよくできる李錦琦《りきんき》の五人で構成されていた。

代表団を迎えるにあたって日本側で種々の計画が立てられたが、その一つに「漢字文化圏シンポジウム」があった。ぼくが提案したミニ・シンポジウムだ。もともと一九八四年に東京で国際ペン大会が開かれたときにも提案していたテーマである。そのときは採用されなかったのだが、一四年後にようやく陽の目を見たのだった。シンポジウムの趣旨をつぎのように書き、中国代表団にも来日前に送っておいた。

漢字の起源は明らかになっていないが、少なくとも紀元前一〇〇〇年以上昔にはすでに甲骨文（亀甲や獣骨に彫った卜占文字）や金文（青銅器に鋳込まれた鋳造銘）が黄河流域の都市で用いられていた。漢字はその後の長い歴史のなかで、より豊富に、より緻密になり、記録・表現・意思疎通の有効なツールとなってきた。漢字はまた、使用される地域を広げていった。黄河流域から揚子江（長江）流域へ、さらには朝鮮半島・日本列島・ベトナムなどを含む東アジアのほぼ全域に拡大していった。そこには政治・経済の問題も関わってくるのだが、何よりも漢字が基本的に表意文字であったことが、広域伝播を可能にしていた。表意文字は発音の違いを超えて使用可能だからである。

王朝や国家などのさまざまな変動はありながらも、漢字を使用する文明・文化が東アジアの広域に形成されていた。近年、ベトナムが漢字をやめてローマ字を採用し、朝鮮半島では漢字を残存させながらもハングル化を進めているが、数千年に及ぶ漢字文明・文化圏の伝統が消滅したわけではない。

このシンポジウムでは、

⑴漢字文明・文化の歴史を検証し、

⑵その現状を認識し、

⑶とくにコンピューターを軸とするニューメディアと漢字との問題点を洗い出し、

⑷何らかの形で漢字を使用する東アジア諸地域のコミュニケーションの将来像を探ることにつとめたい。

ミニ・シンポジウムでは充分な議論は望めないが、出来る限り漢字をめぐる諸問題を列挙して、今後の議論の材料を揃えることにしたい。

シンポジウムは九八年六月一六日、東京・六本木の国際文化会館で開かれた。七時間をかけたスピーチと討論の全容を記すことはできないが、興味ぶかかった話を略記する。

李国文氏は「漢字について」と題するスピーチのなかで、二〇世紀に入って中国語の口語体表記が成立してきた歴史をふりかえり、その過程で日本留学経験のある魯迅《ろじん》、郭沫若《かくまつじゃく》、郁達夫《いくたつふ》などの作家によって多くの日本語が中国語に取り入れられたことも指摘した。また、中国語の表音表記はこれまで九回試みられたが、文章語として定着することはなかったという事実を挙げ、その理由のうち大きなものとして、漢字の持っている表現力の豊かさと、発音の異なる多くの地方語が漢字によって統一されている点を強調した。

中国人には、なにより漢字への強い愛着がある、漢字は中国人の心そのものなのだ、というのが、李氏のスピーチの結語だった。その例証として挙げた『中華漢字』という詩を朗読するとき、李氏の声には一段と熱がこもっていた。「古い亀の背中に漢字が生まれ」という一行から始まるこの詩は、漢字が中国人の知恵を担い、強大な国家を支えてきた歴史をうたって、漢字をたたえている。

陳遼氏は、「漢字文化圏の拡大」と題するスピーチを行なった。漢字文化圏の拡大過程を五波に分けて分析した論述である。かいつまんで言うと、つぎの五波である。

第一波　朝鮮半島への拡大
第二波　日本列島への拡大
唐代以来、多くの日本人が中国に渡り、中国で詩を書いていて、武漢出版社が最近発行した『日人禹城《うじょう》旅遊集』を見ても、彼らの漢詩は中国詩人の作品と見分けがつかない。当時の中国詩人に愛読され、中国の詩人たちに影響を与えたものも少なくない。
近代に入ってからも、郭沫若が「古代の中国漢字文学が日本文学に影響を与えたが、近代において日本文学が中国文学に影響を与えた」と言っているように、拡大した漢字文化はおたがいに影響を与え合い、浸透し合い、相補い合っている。
第三波　ベトナム、カンボジア、ラオス、タイ、ミャンマー、フィリピン、マレーシア、インドネシアなどへの拡大
第四波　ヨーロッパやアメリカ大陸などへの拡大（中国人の海外進出による）
この点は李国文氏の話にも出ていたのだが、たとえばカナダでは中国語は英語、フランス語につぐ第三の言語として位置づけられ、カナダ政府は漢字文化をカナダにおける第三の文化であると公表している。また、オーストラリアでは近年中国語出版物が激増してい

る。

第五波　一九八〇年代九〇年代に中国の作家や学生たちがアメリカ、カナダ、オーストラリアなどへ出かけてゆき、そこで創作活動を行なうようになった、その結果としての海外華文文学の誕生。

陳遼氏はこの新しい波によって、漢字文化はアジアを超えて世界に拡大してゆくであろうと言い、たとえばアフリカ華文文学の出現もあり得るかも知れない、という。

日本側からは、大岡信《おおおかまこと》氏の「万葉歌人と漢字文化」、吉目木晴彦《よしめぎはるひこ》氏の「コンピューターと漢字」、川本邦衛《かわもとくにえ》氏の「東アジアの漢字文化」という三つのスピーチがあった。

大岡氏は日本人が朝鮮半島経由で漢字を移入したとき、漢字という外国の文字で日本語を書き表すという困難な作業にあたって、朝鮮半島からの渡来人の果たした役割の大きさを語った。また、中国文学を養分として豊かな表現力を養ってきた日本の詩歌の歴史にも言及した。

吉目木氏は現在のコンピューターで用いられている漢字セットの欠陥を指摘し、その原因は経済性優先にあると語った。なお、この問題が日本と中国の共通の問題となるかどうかはいまのところ分からない、と付け加えた。

川本氏は、現在の中国語が入声《にっしょう》を失い平上去《へいじょうきょ》の三つの声調になっているのに対して、かつての中国語発音をもっともよく残しているのがベトナム語であり、朝鮮・日本・ベトナムというそれぞれ独自の漢字文化を育ててきた域外漢字圏の相互比較が、言語学者として興味ぶかいという話をした。ベトナムはローマ字表記になり朝鮮半島はハングル化しているが、その根底には漢字文化が横たわっている。ベトナムの新聞を読む若者たちにも、どの語がもともと漢語であるかが分かるそうだ。

ハングルの場合はさらにそうだ。漢字を知らない韓国人はごく少ないと聞く。ソウルでぼくの会ったガイドの女性は、休日には自分の子供たちに漢字の補習をさせていると言っていた。

中国少数民族の言語

西夏《せいか》文字研究の泰斗、西田龍雄《にしだたつお》教授を研究室にお訪ねしたことがある。編集していた雑誌の「漢字文明」（監修・梅棹忠夫）という特集号に、疑似漢字についての論文を執筆していただくお願いに伺ったのだった。契丹《きったん》文字、西夏文字、女真《じょしん》文字といった中国北方諸民族のつくりだした疑似漢字に加えて、安南《あんなん》（ベトナム）で用いられた字喃《チュノム》にも触れる論文である。

研究室でぼくは西田教授から、いわば即席の特別講義を受けた。光栄なことだった。書棚からつぎつぎ資料をとりだしながら、教授はまったくの素人であるぼくに、西夏文字の構成法などを詳しく説明してくださった。

人に教えることがお好きなのでもあっただろうが、ご自分の原稿が正確に印刷されるようにとの配慮でもあったと思う。西夏文字という一見漢字のようでいて、たいていの漢字よりも画数の多い複雑な文字を、まちがいのないように印刷するためには、編集者のぼくがこの文字の基本構造を知っておく必要があった。そのうえで印刷所に字母を造ってもらわなければならない。契丹文字、女真文字、字喃についても、漢字にはない文字を論文中に多用するのだから、これらについても多少の予備知識を持って、新しく字母を造らなくてはいけない。

こういう個人教授を受けられるというのは、編集者の役得だ。よく分からないときは疑問を呈して、分かるまで教えてもらった。夢中になってメモもとった。学問というものの一端に触れた気がした。学生時代にはあまりなかったことだ。

即席講義が終わったあとで、教授が面白いものを見せましょうと、ぶあつい本を出してこられた。市販の本ではなく、コピーを綴じて仮製本したような一冊だった。

現代中国の少数民族の諸言語を対照表にしてある本である。たしか縦の欄に少数民族名が並んでいて、横の欄に身体用語や生活用品用語などの基本語が並んでいたと思う。興味ぶかかったのは、どのページにもたくさんの空欄があることだった。たとえば北方の民族にある暖房具が、南方の民族にはない。当然、南方民族語のその欄は空欄になる。そのものがないのだから、それを表わす言葉もない。南方にいて北方にはいない動物なら、北方民族語のその欄は空欄になる。生活に密着した草木名も同様だ。食べものも同様。

中国はなんと広く、なんと多様な国なのだろうか、と実感させられたものだった。

後年、中国へ旅行したときにも、料理のちがいや生活様式のちがいをあちこちで実感させられたものだが、文字で言えば、たとえば東巴《トンパ》文字に出会って目を見張ったりした。雲南省の麗江へ行ったときのことだった。世界遺産にもなっている麗江古城（旧市街）に、東巴文字でハンコを彫ってくれる店があった。自然石の印材を選んで、自分の名前を漢字で紙に書いて渡しておくと、数時間後の夕食の席へ出来上がったハンコを届けてくれる。

かつて納西《ナシ》族の人たちが用いていた東巴文字という絵文字で、ぼくの名前が彫ってある。象形文字よりもさらに絵画性のつよい文字である。いまは使われない文字だが、ハンコ屋の青年は漢字・東巴文字対照表を持っていて、それに従って彫ってくれる。ぼくはこのハンコを今も大事にしていて、ごく親しい人に自著をさしあげるときなどに押している。

西田教授の教えを受けたのは一九七三年のことだが、それ以来、中国少数民族の言語と文字には、素人なりの関心を持ってきた。

国立民族学博物館研究報告の最近号（二〇〇三年三月刊、非売品）に、庄司博史《しょうじひろし》著「中国少数民族語政策の新局面――特に漢語普及とのかかわりにおいて――」という論文を見つけ、さっそく読みふけったのも、そういう三〇年来の関心からだ。

著者は国立民族学博物館民族社会研究部の研究者である。青海省における少数民族語政策の現地調査と、一九八〇年代以降の中国少数民族語に関する多くの論文や著作を素材にして、この論文が執筆されている。論文の冒頭にあるレジュメをまず引いておこう。

社会主義政権樹立以来中国は、少数民族言語の平等な使用と発展を民族政策の一つの柱として、民族言語の文字化、民族言語による教育を掲げてきた。その一方では国家統合および近代化を進める中国にとって、共通語としての漢語、「普通語」の普及も重要な課題であった。文化大革命期をのぞき今日にいたるまで民族言語政策は基本的にこれら二つの理念のせめぎあいの場であったといえる。しかし一九八〇年代以降、民族言語政策は従来の対立の構造とは異なる様相を呈しはじめている。本稿では、少数民族言語擁護と漢語普及との間での対立や矛盾の鮮明化、および双語教育（二言語教育）の枠内で民族語教育の足場を確保しようとする民族言語政策に注目し考察した。さらに近年少数民族言語やその政策に影響をあたえつつある現象として、急速な近代化の要請にともない進展しつつある漢語の実質的国語化政策、民族言語関係者による国際的言語理論の援用、さらに世界的な言語・民族運動への関心を指摘した。

少数民族語を尊重するというのは、世界の流れでもあり、中国もその立場をとっているし、今もその立場を捨てたわけではない。しかし、漢語という共通語の普及が急速に進められているのが、実態なのだ。

中国政府が公認している少数民族は五五ある。なかには人口が一万人足らずの民族もあるのだが、広西《カンシー》チワン族自治区のチワン族ともなるとその人口は一五〇〇万人を超えている。スウェーデンとノルウェーの人口を合わせたよりも多い。モンゴル語、朝鮮語、チベット語、ウイグル語などの少数民族言語もそれぞれに多くの使用人口を持ち、長い歴史を経てきている。

中国全人口の約八パーセントを占めている少数民族には多様な歴史があり、多様な言語がある。文字を持たなかったり不備であった少数民族語もあれば、固有の文字を洗練させてきた少数民族語もある。

漢語普及が進められる流れのなかで、それら少数民族語は衰退せざるをえない。双語教育が唱えられても、かならずしもすべての人がバイリンガルになれるわけではなく、少数民族語しか話せない人びとは暮らしにくくなってゆく。双語教育という看板の下に、漢語教育が優先されてゆくのだが、そこから落ちこぼれてゆく人びとは少なくない。

一九世紀フランスの作家アルフォンス・ドーデに、「最後の授業」という短編小説がある。普仏戦争後にフランスからドイツへ割譲されたアルザス地方を舞台にした小説で、先生がフランス語での最後の授業を行なう一日を描いている。先生は、明日からはドイツ語の先生がやってくるが、みんなフランス語を忘れないようにと言う。たとえ他国の奴隷となっても、その国民が自分の言語を持っているなら、牢獄を開ける鍵を持っているのと同じことなのだ、と生徒たちに語りかける。

自分の言葉を持ちつづけることの重要さを語っているこの言葉は、力づよく正しい、と思う。ただし、アルザスの生徒たちには本来アルザス語があり、フランス領であるためにフランス語教育をその日まで受けてきたのだ。ドーデはそのことにほとんど触れていないのだが、少数民族語であるアルザス語を圧殺、あるいは無視していたフランス語教育もまた、少数民族の奴隷化というそしりをまぬがれないだろう。

中国の少数民族諸語がどうなってゆくのか、前記論文の著者は「全く予測不可能」というが、ねがわくば、それぞれの独自性を保持していってほしい、と思う。

コメの土地のなつかしさ

中国雲南省の昆明で、ああおいしいと言って丼の底まで平らげたのが、「過橋米線」という料理だった。青野菜入りのうどんのようなものだ。細めのつるりとした白い麵、さっぱりした汁、どれもぼくの口に合って、おかわりをしたいくらいであった。

過橋米線という変な名前の由来を、若い女店員が話してくれた。ぼくは最初、彼女を日本人と思っていて、こんなところまで日本人女性が働きに来ているのかとおどろいていた。彼女の日本語があまりに自然だったからなのだが、日本人ですかと聞いてみるとそうではなくて、四川外国語学院日本語科の学生さんだった。夏休みに故郷のこの店でアルバイトをしているとのことだった。

彼女の話によると、むかし昆明の街を流れる川に架かっている橋の一つの両端に、おいしい麺を出す店とおいしい野菜スープを出す店があった。麺店の男とスープ店の女が、やがて恋をして一緒になり、店も一つになった。それ以後、おいしい麺とおいしいスープを合わせた、いわば野菜うどんが生まれ、評判の料理になったという。橋を過ぎて（渡って）一つになった米線（コメの粉の細麺）なので、過橋米線と名づけられているとのことだった。

つくり話かも知れないが、ほほえましい話だ。そして、とにかくうまい。というか、ぼくなどの口に合う。ふだん食べる中国料理とはちがって、なんだかなつかしい、母の味という気さえする。うどんは小麦粉で、米線は米粉なのだが、しかし、コメ文明圏にいるのだなあという、一種のやすらぎがあった。

一九六〇年代に、広西《カンシー》チワン族自治区の生活を撮影した民俗資料映画を見たことがある。雲南省のすぐ東隣りの地域である。水田がひろがり、農家の庭先にはニワトリが駆けまわっていた。まるで、ぼくの少年時代の稲作農村の光景であった。村の祭りでは蒸籠《せいろ》で蒸したちまきが撒かれている。稲刈りの風景も、稲干しの風景も、かつての日本農村とそっくりだった。ちがっているのは、中国の農家にはテーブルと椅子があることくらいだ。

編集らしい編集をしていない資料映像で、試写室のようなところで見せてもらったのだが、この映画を見たあとは、ぼくのなかの中国像が大きく変化したものであった。知識としては中国大陸南部が日本列島の大半と同じコメ文明圏にあることは知っていたけれども、これほどそっくりの暮らしがあることにびっくり仰天したのだった。

昆明の過橋米線もまた、その一帯がコメ文明圏であることを実感させてくれた。ぼくは細うどんのような麵の丼を食べながら、広西チワン族自治区の映像を思い出していた。

いま世界でひろく栽培されているイネの原産地については、いろいろの説があって、かならずしも確定されてはいないのだが、中尾佐助著『栽培植物と農耕の起源』によれば、インド東部がいちばん有力だという。ほかにも雲南地方に発しているという説やインドシナ半島に発しているという説など、いくつかの起源が論じられているのだが、植物学にうといぼくには判定のしようがない。

『米の文化史』や『中国食物史』などの著書のある篠田統《おさむ》氏は、ぼくの敬愛する碩学《せきがく》であった。食文化研究で知られる石毛直道《いしげなおみち》さん（元・国立民族学博物館館長）と共に大の篠田ファンで、二人で京都の篠田家の書斎を訪ねたこともある。書斎というときれいに聞こえるが、古い家のいたるところが本に埋もれ、貴重な書籍が玄関まではみ出していた。本の隙間をくぐって老碩学の居間というか、本のあいだにわずかに残った空間へたどりつく。

この篠田家蔵書は、没後すべて国立民族学博物館に移された。石毛さんの努力によって篠田統文庫として博物館に収められたのだ。貴重な書籍群が散佚《さんいつ》しなくて幸いであった。

石毛さんとぼくは、老碩学をひそかに「おじいちゃん」と呼んで敬愛していた。葬儀の日にも話し合ったのは、おじいちゃんのあの厖大な蔵書のことだった。蔵書は日本、中国、欧米にわたり、食文化を中心にして多岐にわたるものである。おじいちゃんは狭い専門家ではなかった。

一八九九年大阪に生まれた篠田統は、京都帝国大学理学部化学科を出たあと、その大学院の動物学科を卒業、一九二六年から二年間オランダ、ドイツ、イタリアに留学し、三八年から陸軍技師として満州（中国東北部）と中国大陸各地へ赴任した。陸軍に属してはいたもののかなり自由に民族研究に従事していたようで、おじいちゃんの話のはしばしに満州・中国の普通の人びととの深いつきあいがあったことがうかがえた。幅ひろい科学者であり、広範な見聞にもとづく民族学者であった。

すこし回り道をしてしまったが、この篠田統に『ごはんの話』という本がある。一般向きにやさしく書かれたものだ。このなかにもコメの起源について、またコメの伝播について書かれたところがある。

コメの原産地については、「諸説があるが、ビルマからインドに至るベンガル湾北岸、北はヒマラヤの麓までというのが穏当な線だろう」と言い、ほぼ中尾佐助説と重なる見方をしている。

そのコメは、西のほうへも伝わって行ったが、日本列島への伝播については、つぎのように記されている。


インドシナから海岸伝いに北上して揚子江下流の華中平原へ、また内陸を雲南・貴州から揚子江沿いにと、当時の華中から南・南西を占めていた南方系民族の間にひろがった米が日本に伝わったのは、狩猟採集生活から焼畑で粟《あわ》や稗《ひえ》を作りはじめた縄文時代晩期（紀元前三世紀ごろ）らしい。どこからどんなコースで日本に入ったのか、おおまかに言って三つの説があるが、私としては、東南アジア山地民を元祖とする馴れずしの伝わり方からみても、華中の揚子江デルタから季節風にのって南朝鮮と北九州に運ばれた、とする説に賛成している。いずれにせよ、日本に来た米は西日本を中心に栽培され、五百年ほどたった弥生時代後期には東北にまでひろがったらしい。

とはいえ、はじめからコメを現在のように食べていたわけではない。いちばん古い食べかたは「しとぎ」だったようだ。水でふやかした生米を粉にして水で練ったものである。いまも神事などに使われることがある。日常食であったかどうかは不明だそうだ。

また、水でふやかしたコメを広い葉で包み土に埋め、その上で焚き火をして蒸焼きにする方法もある。これは後の戦国時代から江戸初期にも合戦のときの心得として用いられていた。ほかにも焼石を使う「わっぱめし」という調理法もある。

もっとも、これらは土器以前の調理法の流れと考えることもできるので、米が入って来たころの日本には煮炊きに便利な土器も充分普及していたのだから、当然、ごはんやおかゆとして炊いたものが中心だったのではないか、と想像される。事実、弥生時代を通じて、米は土器で炊いていたらしい。

ただ、土器で炊くと泥っぽくなってしまう。古代中国でもそうだが、やがて、こしきを使って蒸気で蒸す調理法が出てくる。弥生時代末には蒸したごはんが定着していたという。さらに精米技術が進んで平安時代には白いごはんが食べられるようにもなるのだが、ごはん略史はこのへんで止めておこう。

コメという栽培植物に適した気候風土が中国南部にも日本列島にもあって、そこに似たような暮らしをつくってきた。中国南部で感じるなつかしさの由縁であろう。

食事文化をめぐって

ぼくが編集していた『エナジー』という雑誌で、『東南アジアの文化』という特集号をつくったのは、一九七〇年のことだった。

梅棹忠夫・石井《いしい》米雄《よねお》の両氏を監修者におねがいして、三つのシンポジウムを開き、その記録をもとにして、東南アジア文化の全体像をさぐろうとしたものであった。

第一部「東南アジア文化の構造」第二部「東南アジアの外来文化」第三部「東南アジア文化の基底部」という構成で、加えて種々の図版を製作した。東南アジアの歴史地図、言語分布図、宗教分布図、居住形式分布図、住居写真集、衣装写真集、水利関連の写真・図版などである。また、当時の「日本人の東南アジア観」を面接調査によって浮かび上がらせた。

複雑で多様な東南アジア文化の諸相は、とてもここで詳説はできないのだが、あれから三〇年以上経った今も、ぼくの頭にこびりついている一つの地図がある。それは、「ナットウ分布の大三角形」という、東アジア・東南アジアに大きくかぶさる大三角形だ。

すでに故人となられたが、栽培植物学の中尾佐助《なかおさすけ》さんがこのとき初めて提唱されたものである。東アジア・東南アジアでは食事体系の中心にあるのは稲・米だが、それを補完するものは明らかに大豆であり、なかでも大豆加工品であるナットウの分布を調べてみると、大きな三角形が浮かび上がってくるという説であった。

東ネパール、ジャワ島（インドネシア）、本州（日本）を三つの頂点とする大きな三角形のなかに、ナットウ（広義のナットウ）という大豆加工食品が分布している。メルカトル図法の地図にこの三角形を描くと、日本・韓国・中国南部・東南アジア諸国がこの三角形のなかに入る。つまり、この三角形のなかに、基底文化を共有する人びとの生活が営まれている、ということである。魅力のある、また説得力のある議論であった。中尾論によると、高床住宅や竹笠、さらには竹細工そのものも、この大三角形地域特有のもので、この地域は隣接している中国北部文明ともインド文明とも違う要素を持っているという。

ぼくは地図の上に大三角形を描きながら、感動していた。そのなかに暮らしている人びとへの親近感がひたひたと胸に満ちてきたものだった。

二年後の一九七二年に『食事文化』という特集号をつくったのは、このときの関心の延長線上でのことであった。

人びとは何を、どのように食べてきたのか。食べものをどうやって手に入れて、どう加工して食べてきたのか。食べる場所は？　食べる仲間は？　そこでの人間関係は？　料理の用具は？　食器は？

食べるという生存に不可欠の行為をめぐっては、ほかにもたくさんの側面があるわけだが、なかでもそれぞれの社会の文化につよいかかわりを持つ側面に比重をかけて、「食文化」ではなく「食事文化」という言葉をえらんだのだった。

監修者には旧知の石毛直道さんをおねがいした。石毛さんは文化人類学者として世界各地でフィールドワークを行ない、その〝鉄の胃袋〟でなんでも食べてきた人だ。のちに数多くの食文化・食事文化に関する本を書き、近年は国立民族学博物館（略称・民博）の第三代館長をつとめてこられた。二〇〇三年三月に館長を退任されたのだが、退官記念講演のタイトルも、「食べるお仕事」だった。

特集『食事文化』は、二つの座談会と二本の論文を軸に編集した。

座談会の一つは、「食事と文明」と題して、石毛直道・梅棹忠夫・佐々木《ささき》高明《こうめい》・谷《たに》泰《ゆたか》の四氏に語ってもらった。やや煩雑になるが、座談会の概略を知っていただくために、小見出しを列記すると左記の通りである。

＊食事マナーの発生
＊神人共食――神との交流
＊ハレの食事の日常化
＊享楽型食事文化と禁欲型食事文化
＊日本料理の敗北
＊手・立食・乾燥・粉食系食事体系と皿・椀・座食・水系食事体系
＊じか箸・じかスプーン文化とお菜箸・取りスプーン文化
＊時系列型食事文化と空間展開型食事文化
＊食通と美食家

もう一つの座談会は、「食物と社会」の題で、石毛直道・中尾佐助・大塚《おおつか》滋《しげる》の三氏に語ってもらった。これも小見出しを列記する。

*料理する動物――人間
*人間は何を食べてきたか
*粉食と粒食
*とくにパンについて
*肉への偏見
*乳の利用・血の利用
*乳製品の技術
*箸・お椀・ナイフ・まな板
*料理の文化圏
*食物と社会編成――農耕と牧畜について
*料理屋・外食・献立・加工食品

二つの座談会で、食事文化のずいぶん多様な要素が示されていた。その後、石毛さんをはじめとする文化人類学者や社会人類学者を主にして、それぞれの要素についての研究が深められていったのだが、このときの座談会は実に広範な見取り図を示してくれていた。

論文の一本は、篠田統氏の「主食と文化形態――あるいは〈主食亡国論〉」であり、もう一本は石毛直道・吉田集而《よしだしゅうじ》・赤阪賢《あかさかまさる》・佐々木高明四氏共同執筆の「伝統的食事文化の世界的分布」である。

また、世界各地の食事についての「アンケート・世界の常食」を掲載し、各種分布図も作成した。「世界の主作物とその食べ方」「世界の食用・乳用家畜」「乳しぼりの分布と狩猟採集民」「世界の主な調味料・薬味」「世界の主要料理圏」といった分布図を研究者たちに作成してもらって図版にした。

後年、梅棹忠夫さんを初代館長とする国立民族学博物館が設立されて日本の社会・文化人類学の中心研究機関となるのだが、ここでの重要な研究テーマの一つに、食事文化がとりあげられている。

民博の食事文化研究はたくさんの成果を発表してきているが、その一つに、『論集・東アジアの食事文化』(一九八五年・平凡社)がある。研究グループの代表者である石毛直道さんが編者になっている大冊の研究報告書だ。
石毛さんの巻頭論文「東アジアの食事文化研究の視野」から、一部を引いておこう。

おおまかにいえば、食事文化における東アジア圏とは万里の長城以南の中国（以北は牧畜的食事文化の世界となる）、朝鮮半島、日本、ベトナムであり、このような食事文化圏の形成の歴史が二〇〇〇年前から進行してきたものと考えてよい。

こうしてみると、東アジアに共通の食事文化のひろがりは漢字文明の範囲とほぼ一致するといえよう。しかし、そのことは、東アジアのそれぞれの民族の食事文化が中国の食事文化の亜流であるということを意味するものではない。漢字を採用したということで中国と共通性をもちながらも、日本語、朝鮮語、ベトナム語はそれぞれ別の言語でありつづけたし、日本ではカナ文字、朝鮮半島ではハングル、ベトナムでは字喃《チュノム》というみずからの言語を表記するための文字も成立したのである。おなじように食事文化においても、それぞれの民族が中国の影響を受けながらも、独自の伝統を形成してきたのである。

ただ食事という日常茶飯事は記録にとどめられることが少ない。この困難な研究の開拓者、『中国食物史』等の著者、故篠田統先生に、石毛さんはこの本を捧げている。

喫茶のひろがり

石川県九谷焼美術館（加賀市大聖寺）の二階に「茶房古九谷」がある。開館前の企画段階から、ぼくは準備館長として、この喫茶室に力を入れてきた。ミュージアムは展示が大事であることは言うまでもないが、展示を見たあとにくつろぐティールームが大きな役割を果たすと考えているからだ。

この喫茶室では食事は出さない。サンドイッチなどの軽食を望む声もあったのだが、喫茶だけにした。お茶とお菓子に限っている。

お茶は、アジアのお茶だ。コーヒーがなくては困るということなので、深炒り豆をベースに約一〇種類をブレンドした泡立珈琲を九谷焼茶碗で出してはいるが、あとはすべてアジア

茶である。定番のメニューには、抹茶・苔の白、中国八宝茶、ディンブラ（セイロン紅茶）があり、加えて月替りの二種の茶がある。

茶房の女性たちが季節に合わせて吟味して出している二種の茶で、一種は日本茶、もう一種は中国茶だ。たとえば、つぎのような組合わせである。

献上加賀棒茶と南平水仙（福建省南平・青茶）

玉露（山城・白川）と甜茶《てんちゃ》（広西壮《チワン》族自治区）

煎茶（土佐・東津野）と水金亀《すいきんき》（福建省武夷山・青茶）

冷抹茶（宇治）と泡抹茶（台湾）

加賀玄米茶と茘枝《らいち》紅茶（広東省・紅茶）

熟成大原煎茶（静岡・大原）と極品観音王（福建省安渓県・青茶）

ぼくは月に一度数日間九谷焼美術館へ出かけ、そのたび毎日のように茶房古九谷でお茶を飲んでいる。主に中国茶を、二煎、三煎と飲んで、静かな時間を過ごす。展示を見てきた人たちが日本茶や中国茶を飲みながら、感想を話していたりするのに、さりげなく耳を傾ける。関東や関西など他県からの人たちもいれば、地元の人たちもいる。地元の人のなかには、茶房の常連客も見かける。

館内は禁煙にしているので、茶房の外のバルコニーに出て煙草を一服しながら、白山や白山につらなる山なみを眺めるのも、ぼくの一つの楽しみである。

そんなとき、中国・雲南省の高地、麗江の町から見上げた万年雪の玉龍雪山と、麗江古城（旧市街）の茶館を思い出していることがある。

海抜二四〇〇メートルの麗江は、静かで豊かな時間の流れている美しい町だ。町を流れている小川の岸辺に柳の木が並び、小さな石橋を渡って入った茶館の二階からも、気品高い玉龍雪山が見えていた。

納西《ナシ》族の若い女性が、お茶を供してくれた。茶の販売のための試飲なのだが、ゆっくりとにこやかに、黒茶、青茶、白茶などを淹《い》れてくれる。雪茶というのもあった。玉龍雪山の高いところに自生している茶だそうで、一煎目はとても苦い。そのあと白湯を飲むと、これがひどく甘く感じられる、そういう茶であった。言葉は通じないので表情と身振りでの会話だったが、まるで旧知の間柄であるかのように、なごやかであった。納西族の娘さんが日本人そっくりだったせいでもある。遠い昔の日本の娘さんを想起させる、はにかみを見せている挙措であった。彼女が日本の茶道を学んでいるわけはないけれども、なにか茶の文化の源流を見る感じがあった。

茶の原産地は、インドから中国雲南省にわたる山系だとされている。玉龍雪山もその山系の山の一つだ。長い歴史のなかで、茶はアジア全域にひろがり、欧米にも入って行った。中国大陸温帯域や日本列島などでは緑茶を主とし、亜熱帯域の福建省や台湾ではウーロン茶や包種茶をつくり、熱帯域のインドやセイロン（スリランカ）などでは紅茶が主力である。山間部で近くに川などがあって霧の多いところによく育つのが、茶という植物だ。

「駿河路や花橘《はなたちばな》も茶の匂ひ」という芭蕉の句があるように、静岡県山間部は茶の大生産地である。もちろん茶畑を歩いていて茶が匂うわけはないが、茶畑近くの町々の製茶場周辺には、道を歩いていても茶が匂ってくる。茶葉を蒸したり炒ったりしている香りである。

日本の茶はもともと、中国へ留学した僧たちが種子を持ち帰ってきてひろめたものだ。最澄も空海も茶を持って帰ったが、なかでも栄西《えいさい》が『喫茶養生記』をあらわして茶を普及させた。当初は貴族階級の人びとや僧侶らのあいだで薬として用いられていたのだが、鎌倉時代に入ると禅宗と結びつき武士階級にもひろまり、やがて一般人のあいだでも喫茶が日常化してゆく。ちょっとした来客にも茶を出し、茶飲みばなしに花を咲かせるようになるのだ。薬用の意識はうすれ、日常の社交の必需品となり、日々のやすらぎの飲みものとなってゆく。日本での最大生産地である静岡の茶も、駿河生まれの禅僧聖一《しょういち》国師が中国留学から持ち帰ってきた種子に始まると言われ、この禅僧が静岡茶の祖として今もあがめられている。

本家の中国での喫茶は、さらに古い歴史を経ている。喫茶法を記した書物の最初が、張《ちょう》揖《ゆう》の『広雅《こうが》』で、これは三世紀半ばに書かれている。その茶は漢末に江南地方を征定したさい、野生茶を見つけ、その葉を薬として飲用するようになったものだと見られている。

三国時代になると、飲酒をやめさせるために喫茶が奨励されるようになる。仏教では飲酒は五戒の一つであり、喫茶は仏教、ことに禅宗と結びついてひろがってゆく。当時流行していた賢人の清談にも、喫茶がひろく行なわれていたようだ。四世紀半ばの『爾雅《じが》』には、茶の栽培法や茶葉の薬としての飲用法が記されているという。五世紀の宋代にはさらに喫茶の風習がひろまり、六世紀後半の陳・隋代に入ると一般人の飲みものになって、七世紀には「茶」の字があらわれ、八世紀後半になると陸羽が『茶経』を書く。唐代には仏教の興隆にも伴って喫茶の風習がひろがり、製茶業もさかんになってゆく。以降、茶は中国全域にひろがり、茶の製法も飲用法も多岐にわたり、茶器も洗練され、茶の文化が発展をつづけることになる。その歴史の途中で、日本にも茶がもたらされ、喫茶の風習がひろがってゆくのは、さきに記した通りである。

ついでに、茶の飲用以外の用途も並べておこう。その第一は、食用である。江戸時代の質素な武家では、茶の出がらしを野菜の代用にして食べていたという。薬用としては、濃い茶をうがいに用いたり、茶の煮出し汁を目薬にしていた。また、茶汁を染料として使ったり、茶をいぶした煙を衣服や器物の脱臭に使ってもいた。茶がらで畳を掃除したり、乾燥してまくらにつめたりする利用法は、ぼくなどの子供のころにもあった。

茶の文化の長い歴史を実感させられた一つの体験がある。中国福建省の泉州へ行ったときのことだ。泉州市文学芸術界連合会主席の陳さんという人が、泉州に来たらどこよりもここに行かなくてはと案内してくださったのが、市内中心地にある茶芸館だった。

日中文化交流協会の日本作家訪中団をもてなすために、陳さんは茶芸館での正式の接待を用意していてくれた。伝統衣裳の娘さんたちが茶をもてなしてくれ、小舞台では唐代音楽がそのまま保たれているという南音《なんいん》を演奏してくれた。琵琶、尺八、奚琴《けいきん》、三線による中国古代の音楽がときにしみじみと胸をひたし、ときに朗らかに浮き立たせてくれる。伝統芸能の操り人形による小芝居もあり、そのあいだ種々の茶を楽しみながらの贅沢この上ない時間であった。

泉州を発つ前日、ぼくたちが鉄観音茶を買いたいと言うと、陳さんは大商店で買ってはだめだと言う。翌朝陳さんが、露地裏の小店で買ってきたという、折り紙つきの鉄観音茶をびっくりするほど安価で渡してくれた。

病いと薬のこと

新型肺炎ＳＡＲＳがアジア諸地域で流行しはじめた。死亡率の高いウィルス性感染症だ。治療薬はまだつくられていないけれども、防疫体制はしだいに強められてきて、感染の拡大はいくぶん抑えられているようにも思える。しかし、目に見えないウィルスのことだから、いつ、どこで、どう拡がるかは分からない。

熄《や》むときは来るはずだ。過去のさまざまな流行病も、なぜなのかは知らないが、かならず終息している。問題はそれまでの被害の大きさだ。死者の数が最大の問題だが、それだけでなく、感染地域の人びとの生活の劣化とか、地域経済への打撃とか、その他多くの悪影響がさけられない。

二〇世紀初頭には「スペイン風邪」と呼ばれた、死亡率の高い流行性感冒が世界各地に蔓延した。スペインに始まった感染症である。一九一八年から一九一九年にかけて流行し、死者数は第一次世界大戦の死者数を超えたとみられている。その一九一八年に終結した第一次世界大戦では、約一〇〇〇万人の人びとが生命を奪われたのだが、大戦につづくスペイン風邪はそれ以上の人びとを死に至らしめた。日本でも約一五万人（三八万人とも）がスペイン風邪で亡くなっている。（ちなみに、第二次世界大戦の死者の数は、『ギネスブック』によると、五六四〇万人と推計されている。）

ヨーロッパはしばしばペストの大流行に襲われている。黒死病とも呼ばれるペストは、ネズミなどの齧歯類《げっしるい》動物を媒介にして拡がるおそろしい病気で、とりわけヨーロッパ中世の歴史はペストによって暗い影におおわれていた。その最大の流行は一三四〇年代からのもので、一三四九年に終息するまでにヨーロッパ全人口の四分の一、二五〇〇万人が死亡したと推定されている。ボッカチオの『デカメロン』は、このときペストを避けて山荘に籠った一〇人が退屈と不安をまぎらわせるために一日一話ずつの話をするという形式をとっている本だ。

一四世紀のこのペスト大流行は、東アジアに発生し、小アジアからアラビア、アフリカを経てヨーロッパに拡がり、ヨーロッパで猛威をふるったのだという。ペスト菌は国境を無視する。アジア大陸の東から、その亜大陸であるヨーロッパへと、あばれまわったのだった。ペストの流行はその後もくりかえされたが、検疫制度が実施され、衛生設備が普及して、一九世紀前半にはその姿を消した。

カミュの長編小説『ペスト』は、消えたはずのペスト菌が仏領アルジェリアの小都市に襲いかかるという設定の作品である。平凡な医師であったベルナール・リューが、子供たちが苦しんで死んでゆく不当な世界を拒否して、全力を挙げて死とたたかう。ペストは神が人間に与えた試練だなどという聖職者に抗して、ペストに真正面から立ち向かうのだ。人間への信頼に立って描かれた傑作である。

人類の歴史は、病気との戦いの歴史でもある。病気からまぬがれるために、呪術を用いていた時代もあった。呪術に加えて、自然界から薬をとりだしてもいた。草根木皮などの生薬の使い方が、長い年月のあいだに精緻化されてきた。

アメリカの女性作家ジーン・アウルの大河小説『始原への旅だち』(中村妙子訳、評論社)は、およそ三万年前の黒海周辺に暮らしていたネアンデルタール人の社会とクロマニヨン人の社会とをいきいき描いているもので、太古の人びとの暮らしをこれほどに活写した小説はほかにちょっとないだろう。言葉の発生、狩猟の方法、料理の道具、舟の利用、その他もろもろの生活に欠かせないものについて詳細に描写しているのだが、なかでも病気を治すための薬についてはとりわけ多くのページを費している。呪術師である女性に伝わっている草根木皮など植物性の薬物や、角や内臓など動物性の薬物、また鉱物性の薬物などの知識について、膨大な研究資料に加えて著者自身の実験をも踏まえ、小説のなかにふんだんに描き出している。薬の知識が、生存のために不可欠だからである。

そういう薬、つまり自然界から得られる治療薬は、世界各地でその地域の自然によりそうかたちで発見され用いられてきたのだが、なかでもそれらの知識を豊かにし、精緻にしてきたのは、中国であった。この中国の薬方を移入して日本流にしたのが、漢方薬である。

中国薬法や漢方薬法の特徴は、一つの病気であっても症状の差があれば、それぞれの症状に応じて処方を変えるというところにある。だから薬を処方する者の知識や経験などが大きくものをいう。的確な処方をしてもらえば症状が軽くなるが、不適切な処方だと効かない、どころか悪化させることさえある。薬の処方をする人の力量次第なのである。

多種類の薬物を組み合わせて用いるので、薬物に対する習慣性を引き起こさないという利点もあり、また、病気の原因や病名が明らかでなくても治療が行なえるという利点もあるのだが、一方、用いる薬物はすべて自然界の産物なので含有成分は一定しないし、成分の変質しやすいものも多い。そのときどきの気候にも影響される。

ＳＡＲＳ流行の初期には、香港や北京で、予防に効くとされる生薬が売り出されていた。テレビのニュースで見ると、飛ぶように売れていた。もちろん、ＳＡＲＳが防げるかどうかは大いに疑問だが、「中薬《ちゅうやく》」への長い信頼を背景にして、予防薬が売り出され、人びとがそれを買い求めたのだろう。

北京で漢方薬（中薬）を買ったことがある。八達嶺長城を観光したあと、市内にもどる車のなかでガイド氏が、夕食まで時間があるがホテルで休みますか、それともどこかを案内しましょうかと言った。妻とぼくは、せっかくだからどこかへ連れて行ってもらうことにした。その行き先が、天安門広場の近くにある北京医療保健センターだった。ここは中国医学の研究所だという。

入口を入ったところ、目の前の壁に、畳二、三枚の大きさの赤地の額が掛かっていた。金の浮き出し文字で、「弘揚中医葯文化造福全人类」というスローガンが掲げられ、その前に白衣のドクターが二人待っていた。ガイド氏が途中から携帯電話でぼくたちの訪問を知らせていたのだ（そのころは日本でも携帯電話はまだわりと珍しかった）。

　大学の演習に使うような教室に案内され、人体解剖図を使った講義を受けてから、脈診をとられた。日本では腹診、中国では脈診を重視するのだ。

　その結果、妻もぼくも各三種類の丸薬をすすめられた。けっこう高価なので、いま持ち合わせがないと断わりかけたら、日本のクレジットカードで払ってもらえばいいと言う。仕方なく各二種類の丸薬の瓶を買うはめになった。なくなったらインターネットで注文してくればいいとのことだったが、効いたのかどうかは不明のまま、それきりになった。ぼく自身は、このときの北京旅行の前から飲んでいる大峯山の陀羅尼《だらに》助丸《すけがん》を今も常用している。修験道からきている生薬で、ぼくには合っているように思っている。

　ソウル旅行で興味津々だったのが、高麗大学の近くにある薬材の街だった。二〇〇メートル以上はあろうかという通りの両側に、薬材を一杯に並べた店が軒をつらねている。東洋一の漢方薬街ということだ。草根木皮の束、鹿の角、昆虫類などが所狭しと並び、なかにはムカデを乾燥して大きな束にしてあるのもあった。街じゅうに漢方薬のにおいが立ちこめている。元気が出る気がして、大きく息を吸い込んだものだ。自然薬の長い歴史に身をひたしている気分でもあった。

アジアの映画から

高校・大学のころ、よく映画をみた。サラリーマンになってからも、独身時代は映画館へ足を運ぶことが多かった。一日に七本、はしごをしたこともある。うち五本がイタリア映画だった。太平洋戦争後に青年期を過ごしたぼくの世代にとって、映画は娯楽である以上に教養であった。

猪俣勝人《いのまたかつひと》著『世界映画名作全史・戦後編』を開くと、なつかしい映画が目白押しだ。第一部七〇本中の六三本を見ている。第二部八〇本のうち四〇本は見ている。

日本映画もすこしは見ていたが、大半は外国映画だった。ソ連映画、アメリカ映画、フランス映画、イタリア映画が多かった。イギリス映画は『文化果つるところ』に衝撃を受けた

けれども、見た数は少ない。

アジア諸国の映画は、そのころは全く見ていない。上映されることもほとんどなかったのだろう。ずっと後になって、インド映画『大樹のうた』を見たのがきっかけで、インド映画を数本見たことがあるくらいだ。セミドキュメンタリー映画『サラーム・ボンベイ！』を見たのは、さらに後年のことだ。

だが、最近はアジア映画をよく見る。中国映画や韓国映画が小さな映画館で上映されることが多くなった。そういう映画館でブータン映画やイラン映画を見たこともあるが、映画の質を高めているのは、やはり中国と韓国だろう。

中国映画『初恋のきた道』については、前にすこしだけ触れたことがある。張藝謀《チャンイーモウ》監督の第一〇作、二〇〇〇年の作品で、同年のベルリン国際映画祭で銀熊賞を受けている。

映画の舞台は一九五〇年代後半の中国北部、たぶん河北省の長城北側のどこかだと思われるが、秋は全山紅葉し冬は白銀の世界になる小さな山村である。世の中の動きから取りのこされたような、貧しくて、のどかな小集落だ。小学校もなかったこの村に、遠い町から一人の青年が教師として赴任してきて、村の人びとが力を合わせ、小さな小学校を建てる。

この青年教師に美しい村娘が恋をする。章子怡《チャンツィイー》の演ずる村娘は、章子怡自身がほんとうにその山村に生まれ育ったのではないかと錯覚するほどに、素朴で内気な、都会にはいそうもない美少女だ。映画はこの村娘のひたむきの恋心を、山村の春夏秋冬の風景のなかで描き上げてゆく。そのひたむきの恋の美しさに、観客は胸の奥ふかくを熱くして、老若男女だれもが涙を流さないではいられない。

物語の冒頭と終末近くに、四〇年後がモノクロ映像で描かれている。四〇年後はつまり現代なのだが、恋をみのらせて結婚した二人が山村の教師とその妻として幸福すぎるほど幸福な日々を送ってきたことが強く暗示されている。夫は新校舎建設に奔走していたのだが、そのために町へ出かけた帰り道で吹雪に遭って凍死した。都会へ出ていた一人息子が葬儀に帰ってくるところから物語が始まる。母、すなわち四〇年前の村娘は深い悲嘆のなかにいて、夫の遺体をトラクターで村へ運ぶことを頑固に拒否し、かつて彼がやってきた道を柩をかついで連れもどしたい。その頑固なねがいに応えようと息子が村の有力者を説きまわるところで、四〇年前のひたむきな恋がカラー映像であらわれる。

本編のカラー映像のあと、ふたたびモノクロ映像となり、降りしきる雪の原野を、柩をかついだたくさんの人びとの葬列が村をめざす。かつての教え子たちが各地からかけつけて、柩をかついでいる。老いた母が凛として柩に付き添っている。

最後に息子が母と父のために、一日だけの教師をつとめ、その声が若い日の父の声に変わり、若い日の母の姿が紅葉の山道にあらわれる。四〇年間変わることのない、ひたむきの恋心に、その美しさに、ぼくたち観客は涙で浄められるのだ。

批評家たちは「現代の古典」と言い、「永遠の少女美」と讃えた。「絶対的故郷」と評した作家は、ごく普通のこの「幸福」を私たちは忘れていなかったかと問う。いずれも同感である。なかには、この映画を張藝謀の堕落だと評した批評家もいたが、この批評家の場合は映画に社会性や思想性を求めているからだろう。張藝謀監督は『紅いコーリャン』(一九八七年)でデビューし、戦前の中国農村を強いタッチで描き出して、ベルリン映画祭金熊賞をはじめ多くの賞を受けた。もちろん質の高い作品だ。だが『初恋のきた道』を『紅いコーリャン』からの堕落と断じた批評家は、『紅いコーリャン』後半の一部である日本軍の残虐行為にばかり注目していたのだろう。

張藝謀監督作品の一つに『活きる』がある。原題「活着」が示しているとおり、主人公の男は文化大革命時代をもはさむ長い歳月を、実にしぶとく生き抜いてゆく。財産を失ったり、内戦に巻き込まれたり、息子や娘を亡くしたり、さまざまな困難と不幸に襲われつづけながら、「活着」してゆく。一九九四年の作品で、カンヌ映画祭審査員大賞、最優秀主演男優賞などを得ている。だが、この映画は中国では上映禁止だという。

一方、ベネチア映画祭金獅子賞のほか、中国国内の映画賞も手にしているのが、『あの子を探して』(一九九九年)である。張藝謀は上映禁止になるような作品を撮るかと思えば、『初恋のきた道』や『あの子を探して』のような一見無思想と見え、実は人間を深く信ずる作品も撮る。その両者に大きな差異はない。『あの子を探して』は、貧しい村の小学校に短期の代用教員として採用された一三歳の少女が、出稼ぎに行った男子生徒を都会へ探しに行く物語である。けなげな少女の突飛な行動が、観客の笑いをさそい、心をあたためる。

一九五〇年、西安生まれの張藝謀は文化大革命時代の下放経験者でもあり、のちに北京電影学院に学んで、撮影の仕事をつづけ、『紅いコーリャン』で監督デビュー後、この一五年、つぎつぎ話題作をつくってきた。

二〇〇二年は、時代劇娯楽大作『英雄』を監督している。秦始皇帝暗殺に奔走する男女の物語で、『初恋のきた道』の村娘、章子怡も女剣士として出演している。この映画もいろいろな賞を受けているのだが、それよりも観客動員数がすごい。中国と台湾で中国語映画史上興行収入第一位を記録し、韓国、インドネシア、フィリピン、シンガポール、マレーシア、タイなどでも大ヒットした。

中国映画は張藝謀監督作品だけではないこと、もちろんである。『初恋のきた道』のすぐあと、日本で評判になった『山の郵便配達』などもある。しかし、ぼくは評判ほどには感銘を受けなかった。また、香港映画にも佳品はあるのだが、張藝謀映画が質も幅も群を抜いているのではないだろうか。

韓国映画『シュリ』『JSA』『友へ　チング』『春の日は過ぎゆく』などに言及する余裕はないのだが、アジアを舞台にした映画でもう一つ、古い記憶だが忘れられない映像について触れておきたい。

二〇年以上前のこと、大阪で旧知の文化人類学者にさそわれて、『ラダックへの道』という記録映画を見たことがある。未編集というか粗編集のフィルムの試写だった。カラコルム山脈東部に位置するラダックの小さな村を撮った映画だ。一木一草見えない岩山が打ちつづく先に、わずかな農地を拓いている小さな村である。食べものもごくわずかだが、それでもチベット仏教の教えにしたがって、毎日鳥たちに団子を与えて暮らしている。

暮れかかる岩山群を目の前にして、岩壁のへりのところで、粗末な衣をまとった老人が一人、経文を朗誦していた。山々が夕焼けに染まってゆく。老人の朗誦がつづく。夕焼け空が群青色に変わり、鉛色に変わって、暮れてゆく。老人の朗誦がいつまでもつづく。

天に祈り、山に祈る。老人の生は日々ここに息づき、いつかここで終わるのであろう。厳粛さのきわみの場面であった。

あとがき

若いころから旅好きだった。というと聞こえがいいが、放浪癖みたいなものだ。五〇歳も過ぎてから一夜、京都駅前で野宿をしたのも、悪癖が残っていたからだ。居酒屋で飲みすごし新幹線の最終に乗り遅れたので、駅前の芝生に寝ころび、やはり野宿の三人ばかりの若者と星空を見上げながら話し込んだ。

四七都道府県のすべてに複数回の旅をしている。日本列島のわりと隅々まで、まめに歩いてきた。だが、外国へはあまり行っていない。若いころは外国旅行など夢のまた夢だった。初めて外国へ出かけたのはもう三八歳のときで、アルプス山中へスキーに行ったのだが、その後もぽつりぽつりと主に欧米への旅をするくらいだった。

アジア諸国へ出かけるようになったのは、還暦を過ぎてからのことだ。日本とアジアの近現代の歴史を思うと、なかなか訪ねられなかった。出かけるようになってからも、たとえば中国・盧溝《ろこう》橋《きょう》近くの抗日戦争記念館やシンガポール・セントーサ島の戦争博物館のなかなどでは声を失う。

展示のすべては信じないまでも、重い歴史が息をつまらせる。日本が植民地支配をしていた韓国へは、ようやく古希の年になって出かけた。本文に記したように、「思い切って韓国へ」であった。しかし、それでも、アジアの旅は「気持ちの楽な旅」という実感がある。欧米諸国を歩くときとは、ずいぶん違うのだ。

顔つきが似ているということもある。食べものになじみがあるということもある。言葉は通じなくても、長い歴史のなかで育まれてきた生活文化のつながりがあり、感情のうごき方にもなにがしかの共通性がある。アジア、とくに東アジアと東南アジアには、深い根のところでのつながりが、旅をしてみるたびに感じられ、気持ちが楽になる。漢字文化圏ではとりわけその思いがつよい。旅で出会った人びとの顔が浮かぶ。その人びとが、どうも外国人という気がしない。アジアは広大だから、ぼくが訪ねた土地は大海の数滴にしか当たらないが、なにか、なつかしいのだ。

二年間の雑誌連載とこの本の作成に、大修館書店の円満字二郎さんの手をわずらわせました。ありがとうございました。

二〇〇五年二月

高田　宏

[著者略歴]

高田　宏（たかだ　ひろし）

1932年生まれ。石川県出身。京都大学文学部（仏文）卒。約30年の編集者生活を経て作家に。78年『言葉の海へ』で大佛次郎賞と亀井勝一郎賞を、90年『木に会う』で読売文学賞を受賞。他に『雪古九谷』、『島焼け』など。

アジア　気《き》持《も》ちの楽《らく》な旅《たび》
Ⓒ TAKADA Hiroshi, 2005
NDC914 184p 22cm

初版第1刷――2005年4月10日

著　者――高田《たかだ》　宏《ひろし》
発行者――鈴木一行
発行所――株式会社大修館書店
〒101-8466　東京都千代田区神田錦町3-24
電話　03-3295-6231(販売部)/03-3294-2352(編集部)
振替　00190-7-40504
[出版情報] http://www.taishukan.co.jp

装丁・造本――山崎　登
印刷所――図書印刷
製本所――図書印刷

ISBN4-469-23234-3　Printed in Japan
Ⓡ本書の全部または一部を無断で複写複製(コピー)することは、著作権法上での例外を除き禁じられています。